金《きん》環《かん》食《しょく》の影飾り

Baku
AKae

赤江瀑

P+D
BOOKS
小学館

目次

序曲　劇場にて

開幕を告げるベルが鳴っていた。

曙子《あきこ》はロビーを横切りながら、客席へのドアにのみこまれていく客達のなかに、姉がいた、という気がした。

青地の綸子《りんず》に白い手描きの寒椿《かんつばき》を散らした見おぼえのある訪問着が、後れ毛のからみついた繊《ほそ》いうなじと共に束の間眼の内に残り、

「あ」

と、思わず咽の奥でかすかに曙子は声をたてた。

三宅《みやけ》坂をのぼる車のなかでも、一度、曙子は姉の姿を見たと思った。思ったのが気のせいであることは、よくわかっていた。わかっていながら、やはりあれは姉だったと、曙子はリヤシートに手をかけて、走り去るウインドー硝子の外をいきなり振り返ったのだった。

三宅坂は雨だった。

雨滴にたたかれているリヤウインドーは、皇居の緑を映してか萌葱《もえぎ》色のにじみをつくって、おぼろに外界を遮断していた。姉は内濠ぞいの舗道を歩いていた。かなり激しい雨のなかを歩いている姉だったのに、薄い早春の陽の耀《かがよ》いを背に負って、姉は袂《たもと》も裾も乾いた光のなかに晒《さら》しはためかせていたような気がする。

(お姉ちゃま……)

「え？」

と、運転手が、曙子に訊いた。

「なにかおっしゃいましたか？」

「いいえ」

と、曙子は、見るまに遠ざかった姉の姿から眼を戻して、シートに身を沈めながら、答えた。

「本降りになったみたいですわね」

「そうですな。えろう暗うなりましたな」

運転手の言葉がおわらない内に、稲光りがした。にぶい雷鳴がつづいて起こった。どこかつかみどころのない、遠くで天上界の炸裂する気配をつたえる音であった。

「春雷やな」

と、運転手は、風雅な言葉を使ったけれど、曙子は黙って、雨足を切るウインドークリーナーの動きをぼんやり眼で追っていた。

黒い校倉《あぜくら》造りを模した劇場の建物が、やがてそのフロント硝子の前方に姿をあらわした。

開演時刻ぎりぎりに、曙子をのせた車は劇場前へすべりこんだのであった。

入口にもロビーの壁にも、そのポスターは掲げてあった。

黒地に金襴《きんらん》模様をあしらった古色横溢《おういつ》するデザインで、勘亭流の歌舞伎《かぶき》文字が、白抜きで演題をうかびあがらせている。

『大内御所花闇菱《おおうちごしょはなのやみびし》（五幕十二場）』

その横に、

――作・綾野姚子《あやのようこ》

と、肉太の活字で、作者名が並べてある。

車をおりた曙子は、そのポスターの前でちょっと背後を振り向いて、雨の内濠通りを透かし見た。

半蔵門と三宅坂を結ぶ車道は雨煙をあげていて、広大な劇場の前庭に入ってくる車や人影はもう絶えていた。

腕の時計を見た。午後四時。

幕は正確にあがるらしく、開演ベルが鳴りはじめていた。

入口を通りロビーへ踏みこんだ途端に、曙子は再び、姉を見たのである。

後姿だけであったが、姉はベルにうながされて場内へおもむく客達の一団のなかにいた。

（お姉ちゃま……）

曙子は瞬時たちどまり、その場内ドアをむしろぼんやりと眺めていた。

（やっぱり、きたのね。そう。くると思った。今日は、お姉ちゃまの日なんだもの。どこにい

ても、きっと駈《か》けつけてくると思ったわ）

曙子は、姉の消えたロビー正面右寄りのドアへ、そしてまっすぐに走り寄った。

三月、月初めの土曜日で初日のせいもあっただろうが、雨に見舞われた悪天候にもかかわらず、客席はほぼ満席に近い入りだった。

無名の劇作家が書いた新作時代戯曲が、通し狂言並みに一本立興行でK劇場に掛かるというのは異例の事態とも言えた。しかもこの戯曲をとりあげたのが、当代歌舞伎界最高位にある女形芳沢蘭右衛門《らんえもん》、演出を担当するのが劇作界の大御所箕輪万造《みのわまんぞう》という顔ぶれで、豪華な配役陣を擁しての早春公演だった。

話題はまた、この戯曲でいわば新進劇作家として花々しいデビューを遂げることになった作者の綾野姚子が、すでに故人であること。また姚子が、新劇女優であり自らテレビや舞台の脚本も書く綾野曙子の実姉であることなどがマスコミに喧伝《けんでん》され、なかには、曙子が姉の名を使って一芝居打ったこれは自作の発表劇だと臆測するむきなどもあり、興行前の宣伝はかなり賑《にぎ》やかに行きとどいていた。

歌舞伎界の動静は、この名優の鶴の一声で決まるとも言われている芳沢蘭右衛門は、報道関係者のインタビューに応えて、戯曲をとりあげたいきさつを次のように語っていた。

――わたくしも、新作物はいつも探しておりますんですよ。先生方にもお願いして、書いていただくようにしておりますし……でもまあ、いざ興行となりますと、いろいろむつかしいこともございまして、ご存じのように、大きい新作物と申せば、二年に一本、三年に一本という具合になり勝ちで……これは淋しいことですが、なかなか思うようにはまいりません。このたびの新作は、殊に無名の方のご本でしてね……本決まりになるまでは、一苦労いたしましたんですけれど……よくできたご本ですし、登場人物も賑やかで、お芝居の娯《たの》しさも十分に盛りこんでございますし、重い理詰《りづ》めのお芝居でないところがとても魅力でございましてね……

――作者の綾野姚子さんとのご関係は……

――いえ、まったくございませんのですよ。ある日とつぜんと申しますか……じかにお原稿がわたくしの手もとに送られてまいりましてね……

――郵便でですか？

――はい。さいでございます。拝見いたしましたら、いいお作なのでびっくりいたしましてね。箕輪先生にもご覧いただいたんですよ。そのお原稿の送り主が、妹さんの綾野曙子さんでして……

――曙子さんとはご面識がおありだったんですか？

――いいえ。存じあげなかったんですよ。女優さんで、テレビやなんかのご本もお書きだとか……お会いしてはじめて知りまして……

――率直にうかがいますが、これは曙子さんが書いた戯曲ではないかという情報もあるんですが……この点については、どうお考えですか？

――そうですねえ。大事なことは、いいご本かどうかということなんじゃございませんか？……これはいいご本なんですから。いいえ、実はね、こんなこと申し上げるのは不謹慎かもしれませんが……わたくし共の方でもね、曙子さんの作にして出してはどうかというお話も、なくもなかったんですよ。亡くなられたお姉さんて方は、こう言ってはなんですが、無名の方ですし……その点、曙子さんの方が、現役でお仕事なさってるのなら、通りもようございましょ？　乱暴なお話ですけど、そうしてはという声も一部ではあったんです。勿論、ご本人が、そんなこと承知なさいませんよね。――これは姉の遺品を整理していて出てきた原稿だ。実は姉が戯曲を書いていたとは思いもかけないことだったけれど、とにかくこれは姉の筆跡だし、姉の原稿にまちがいない。読んで見ると、よくできている。そして、一番先に頭にうかんだのが、芳沢蘭右衛門だった――と、こうおっしゃるんですよ。だから、わたくしに原稿を読んでもらいたかったとね。お姉さんて方は、お芝居はお好きで、よくご覧になってたそうですよ。けれど、――こんな才能が姉にあるとは、妹の自分が知らなかったんだから、きっと姉を知る他の人達にもそうにちがいない。もし世に出してもらえるなら、ぜひ姉の名前で——と、おっしゃいました。当然でございましょ？　綾野曙子にはとてもこんな才能はない。だから、自分の名前を使うことはできない。ご本人が、はっきりそうおっしゃってるんだから、まちがいございませんでしょう？　とにかく、ご覧になって下さい。いい舞台にしてみせますよ。

芳沢蘭右衛門が、春に先駆けて出すこの新作戯曲に意欲を燃やしていることは、共演者達の顔ぶれ一つを見ても明らかだった。大幹部、中堅、新人とふんだんに人材をとり揃えて、まるで襲名興行か顔見世ででもなければ見られない陣容だと騒がれるほどだった。

ともあれ、脚本の第一行目を開くと、

『時・天文の頃

所・西の京、周防《すおう》の国府』

と、書き出されているその『大内御所花闇菱《おおうちごしょはなのやみびし》』は、曙子が客席のドアを押して場内へ入ると間もなく、照明が落ち、序幕の幕開けとなったのである。

曙子は、（いつも芝居を観るときには遠見のきくその席を頼むのだが）中央の最後尾通路ぎわの席に腰をおろし、照明が落されるまでのわずかな時間、姉の姿を眼で探した。

青地綸子に白寒椿の訪問着は、もう見つからなかった。

チョンチョンと、拍子木の刻み音が幕の内でして、はたとと絶えた。照明が消え、場内は闇と化した。深い静寂がやってきて、幕はいつの間にか上がっていた。

『舞台暗黒』と脚本に指定されていた漆黒《しっこく》の闇が、そこにはあった。

正面奥遥かに遠く、ポツンと一つ豆粒のような明りが見える。『不夜城を誇る大内御殿遠景の明りなり』『そのあたりより能囃子《はやし》、風にのりて流れ来たり』

曙子は、脚本の指定書きを頭のなかで追いながら、暗黒の舞台に眼を据えた。

『元大内義隆《よしたか》正室・万里小路貞子《までのこうじさだこ》（三十七、八歳）、乳母・古少将《こしようしよう》（五十代）を従えて、闇の一角より忽然《こつぜん》と現わる。両人ともに、生霊《いきりよう》なり』

芳沢蘭右衛門は、主役二役を受け持っていて、この序幕では、生霊、万里小路貞子に扮《ふん》している。

闇の宙に浮かぶごとく、歩むでもなくさまようでもなく、妖しい気配をひきずってにわかに現われた生霊の出は、観客に息をのませた。

古少将『オオ、おなつかしや。なつかしや。アレ、ご覧なされませ。永の間住み馴れた、夢にまで見し築山御所が、ホレあの通り、今こそ今こそ眼の下に綺羅《きら》を誇って、ほんにまあ、昔ながらに花めく姿、手にとるように見えまする……数寄を凝らせしお屋形の内、障子、畳、床、柱、置物道具、襖絵《ふすまえ》の金糸銀糸の一つ一つにいたるまで、眼に浮かぶようではございませぬか……。アレ、耳をお澄ませなされませ……あれは確か、呂雪《ろせつ》が笛……』

貞子は、聞き惚れたる態にも見えて、身じろぎもしない。

古少将『……お方様には殊のほか、あの笛方の者が御贔屓《ひいき》で……』

貞子『闇日輪《やみにちりん》の笛じゃなあ』

古少将『はい、そのようにござりまする。呂雪が自慢の曲、闇日輪……ほんにまあ、いつ聞きましても凛々《りり》しい音色……（古少将はふと涙ぐみ）烏羽玉《うばたま》の夜風が運ぶ横笛の囃子音《はやしね》までが昔に変らぬさんざめき……（涙を袂《たもと》にておさえ）それに引きかえ、がまんのならぬは、おいじらしいお方様が現在のお身の上……本来ならば天《あめ》が下並ぶ者なき権勢の、あの大内が屋形におわして、誰はばからぬ御正室様。かかる闇夜の遠眼鏡《とおめがね》に、外より綺羅《きら》を偲《しの》ぶ身になり果てさせ給うとは、夢だに思いがけまいものを……』

貞子『古少将。もう言うまいぞ』

古少将『さりながら、この口惜しさ、無念さは、未来永劫《えいごう》乳母が身の腸臓腑《はらわたぞうふ》のはしばしまでも……』

貞子『さ、それを言うても、今は夢。ただに空しく詮無《せんな》い繰《く》り言《ごと》……』

古少将『じゃと申して、築山御所に時めいておわしなば、歴とした北のお方が現在のかかる憂き目も元はと言えばみなあの上臈《じょうろう》おさいがため……』

貞子『古少将。まちごうては困ります。わが身の離縁は、この身が願うて望んだこと。誰の支配も受けはせぬ。自らが選んでとった離別の道じゃ』

古少将『とは申せ、あのおさいめ、いったんはお方様にお仕えした身でありながら、日頃より何くれとのうお目をかけさせ給うたご恩も物かは、お手がついたをさいわいに、事あるごとにお方様をさしおいて、あろうことか人も無げな驕《おご》りの数々……それもまあ介殿様《すけどのさま》御誕生とあるからは、歯ぎしり耐《こら》えて見て見ぬ振りには過ごしたれど……』

貞子『えい、やめいと言うに。十五の年に輿入《こしい》れして、思えば二十有余年、都を離れこの周防《すおう》が土にならんものぞと、けなげに心を決めたるは、ただひたすら行末かけて変らじと心に頼みし殿のお心あってがため。その言《こと》の葉《は》も秋の露。今は霞《かすみ》と消えたれば、たとえ金銀綾《あや》珠玉、わがこそ大内が室《しつ》なるぞと、この身一つをうち飾ったとて、それが何となるものぞ。(貞子は遥かに眼を馳《は》せて吐《は》く)あのおさいとて、同じ運命じゃ。(深い玲瓏《れいろう》たる声で)頼み難きは、人の心……。恨みつきぬも……人の心……』

古少将『さ、そのお弱気がお身の仇。あなた様がお屋形をお去りなされて早や一年《ひととせ》。御覧なされませ。あのおさいめが、いけしゃあしゃあとお跡を襲い、御本殿に移されて、その名も北のお方様と……』

貞子『それもまた、よいではないか』

古少将『エエ、お人の良いも程々になされませ。内大臣万里小路秀房《までのこうじひでふさ》様が御息女ともあろう身が、たかが官務風情《かんむふぜい》の伊治《これはる》が女にどう見返られてよいものか。あなた様には、あのお屋形の灯《ひ》が見えませぬか。夜を日にかえて目もあやな……これ見よがしに驕りたつ、あの灯がお眼にはとまりませぬか。口惜しい、腹立たしい、憎たらしいとはどうしてお思いになりませぬ』

身を揉む古少将を尻目に、このとき貞子は静かにうち笑む。不意に燃えるような眼を、蘭右衛門はきらりと見せた。

貞子『あの灯こそが……わらわの生甲斐《いきがい》……』

古少将は、驚いて貞子を振りあおぐ。

貞子は、じっと大内屋形を見据えたまま、底ひくい、鬼気ただよう声を放つ。

貞子『あの大内が灯の煌《きらめ》きこそが、何を隠そう、生き恥忍び……女の道の誇りも捨てて、忍びに忍び……耐えに耐えして生きながろうてきたこの身がたった一つの生命の支え……』

古少将『な、何と仰せなされます……』

貞子は一段と凄みを総身にみなぎらせた。

貞子『驕《おご》るがよい。煌くがよい。燃えたつがよい。思うさま驕れ。昂《たか》ぶれ。そのことこそが、わらわの望み。身を捨てて、永の恥辱に甘んぜしも、ただひたすらにそのことあるがためなるぞ』

古少将『(はっと身をのけぞらし)すりゃ、あの、まさか……』

貞子『古少将。そなた、今にして気付きやったか』

古少将『エエ、そんならやっぱり……』

とつぜん、貞子は哄笑《こうしょう》する。高々と、闇を揺るがす声であった。

貞子『妍《けん》を誇り、華美をつくせしあの瞬《また》きの一つびとつが、誰知ろう、自らの身を焼く大内が末期の火花じゃ。われ屋形にありし内に、趣向はすべて凝らしてあり。仕掛花火は、遠くにあって眺むるもの……何と古少将、そうではないか』

古少将『……お方様……』

古少将は、呆然と貞子をうち見守る。

貞子は生霊の本性あらわし、両袂荒くひるがえして笑い放つ。しん底から快げな、昂然たる笑いであった。

と、琵琶《びわ》の弦、鮮烈に起こり、二人の姿は夢魔のごとく消える。舞台は真の闇となる。

上手床《かみてゆか》に、ぼろをまとった一人の琵琶師がうずくまっている。顔は見えず、弾ずる琵琶のあたりにのみ照明が強く当てられている。

琵琶歌 〽時は天文乱世の砌《みぎり》 四方に群雄割拠して 天下麻と紊《みだ》れしに ここ周防の国山口は
西の都と謳《うた》われて 栄耀栄華《えいようえいが》を極めたり

舞台はいちめん白光に曝《さら》された大殿大路《おおとのおおじ》と変っている。輿《こし》、牛車《ぎっしゃ》、おびただしい町人、職人、僧徒、学者、公家などひしめき合い、明《みん》人、天竺《てんじく》人など異国情緒も横溢《おういつ》している。

町人『それ、あれをお通りが、京都園城寺《おんじょうじ》の勧学院《かんがくいん》様』

町人『今宵はまたよもすがら、築山御所にはご学問の会とみえる』

町人『あれ、あの見事なお乗り物は……』

町人『関白様よ。二条関白尹房《ただふさ》様。そのお後が良豊卿《よしとよきょう》……』

町人『(別の一角にて) いや持明院《じみょういん》様にちがいない。昨日は氷上山興隆寺で、お歌合せのお催しが続いたと聞いておるぞ。おおそれ、あれが官務《かんむ》小槻伊治《おつきただはる》様。義隆《よしたか》卿ご継室おさいの方様のご実父じゃ』

町人『おさいの方様と言えば、ほれ、過ぐる年の冬ご離縁になって、京へお帰しの目にお遭いなされた奥方様は、何ともお気の毒なことじゃったのう……』

町人『まことまこと』

町人『お屋形内で御本殿と東御殿の二つに別れて、長い間のご確執。火花を散らしておいでじゃったということじゃからのう』

町人『なにさま、ご側室とは言え、おさいの方にはお世継ぎ義尊《よしたか》様をお産みなされたお手柄があり……』

町人『それに引きかえ奥方様には、二十年も連れ添われて、お子ができなんだのが、この世の浮き沈みの別れ目よのう』
町人『(別の一角にて) お前も聞いたか』
町人『おおさ。わたしも聞いた。ご離別なされた御本殿様の生霊が、夜な夜なお屋形内に現われるというそうではないか』
町人『おお恐《こわ》』
町人『恐や』
町人『桑原桑原《くわばらくわばら》』
町人『(別の一角にて) 恐いと言えば、御筆頭職陶隆房《すえたかふさ》様と……』
町人『御右筆相良武任《さがらたけとう》様と……』
町人『お二人のご反目も、何やら物騒な雲行きじゃと言うではないか』
町人『お屋形内は、陶派、相良派、二手に別れて鎬《しのぎ》をけずり、百鬼夜行という噂じゃ』
町人『(別の一角にて) それにしても義隆卿には、また大明国よりご使者がたって……』
町人『そうじゃそうな。綺《あやぎぬ》、金銀、書画骨董』
町人『漢学の書物も、ハアもうどえらい嵩《かさ》じゃそうな。四書五経……』
町人『一切経。大蔵経《だいぞう》』

町人『つい先だっても、お召し抱えの螺鈿《らでん》細工の職人が言うておったが、義隆卿には起臥《おきふし》好んで殿中では……』
町人『唐《から》の衣服をお召しになっておられるそうじゃげな』
町人『(別の一角にて) それそれ、堺の大商人《あきんど》が行くぞ』
町人『勘合船《かんごうせん》が入ったと言うことじゃから、またしこたま稼いだことじゃろう……』
町人『いや、あれはお茶の宗匠だ』
町人『そうではあるまい。歌詠《よ》みだ』
琵琶歌 〽まさしく大内義隆が　山なす富と権勢は　世に比ぶる者とてなく　寄らば大樹の陰
とかや　都を追われし将軍家　さなきだにやんごとなき宮人ら　頼むは西の大内と
寄せる衣の袖の香に　酔わぬ日とてはなかりけり

この間に、舞台再び暗黒にとざされ、貞子と古少将の生霊、花道より中空を舞うごとくにさまよい出る。二人無言にてうなずき合い、上手の闇へ消え失せる。あたかも、この二人に誘い寄せられでもするように、陶尾州守隆房《すえびしゅうのかみたかふさ》(三十代)、相良武任《さがらたけとう》以下評定衆《ひょうじょうしゅう》の面々にとり囲まれつつ、花道より登場する。

華麗なる能管、吹き起こる。

民部『暫く、暫くお待ちなされませい……』

隆房『エエ退《の》け。退け退け』

若狭『尾州殿、暫時これにて……』

一団、隆房を押し戻さんとして前後左右より口々に制し遮ぎらんとしながらも、隆房の権幕に圧しまくられて舞台下手へ掛る、と、舞台は暗黒の闇内より浮かび上るごとくに、大内殿正殿大廊下となる。

民部『只今は関白様、持明院様ご所望の雨月、六浦が仕舞の最中なれば、お目通りは暫時後の程よい折を……』

隆房『(大喝して)お黙り召されい。大内家譜代の筆頭職陶隆房が、殿にお目通り願い出るにいちいちお手前等ごときの指図は受けぬ』

武任『(その隆房の面前に立ちはだかり)あ、いや尾州殿』

隆房『(眼もくれずに)エエ控えておられい。本日こそは、どうあっても殿の御心中とくと伺う所存でござる。百済《くだら》の国の王子琳聖《りんせい》太子、この地に家門を起こされてより九百余年、栄えに栄えし由緒正しきこの大内家、今が大事の時でござる。連日連夜の歌舞音曲、お屋形あげての御遊興は、ちとお慎しみが足り申さぬ』

武任『はてこれはまたご性急な。ご当家御筆頭職のお言葉とも思えませぬな』

隆房『何と』

武任『そうではござらぬか。今やわが君には西国七か国に及ぶ管領代《かんれいだい》、御守護職をも兼ねさせ給い、太宰大弐《だざいだいに》兵部卿《ひょうぶきょう》にして従二位の位《くらい》にお昇りになり、めでたくも公卿の列に加わらせ給うた御大身。武辺無骨一辺倒の田舎大名とは、自ずとわけがちがいまするぞ』

隆房『何と言われる。田舎大名にあらざれば、風流酔狂はお勝手気まま、それにて御家の御安泰が保てるとでも申されるか』

武任『(横柄に冷笑する)』

隆房『(きっとなり)相良氏』

武任『そのお言葉は、はばかりながらお見立てちがい』

隆房『何』

武任『そうでござろう。御大身には御大身のご器量というものがござる。なにさま今や天《あめ》が下名だたるご当家。いずれはかの京洛の地をこの地に移し、畏《おそ》れ多くも朝廷御天子をも奉じたてまつって、天下に号令なされる日も夢幻《ゆめまぼろし》ではござるまい。宮中御要職の方々の覚えめでたきはもっけの幸い。公家殿上人へのお近付きは無論のこと、果ては遠く唐天竺《からてんじく》へまでもと、遠大なお心積りあってこそしかるべきではござらぬか。世の格言にも、文事ある者必ず武備ありと申すは、ここのところを言うてあるとは思し召されぬかの』

隆房『エエ、御政道は御政道じゃ。風流文林の道と一つにはなり申さぬわ』

武任　『ならば武任、老婆心までにちと御忠告申し上げる』
隆房　『問答無益。お手前ごとき文官の出に、この戦国の世の兵法術策、教わる所存は毛程もござらぬ。そこ、さっと退かれませい』
隆房、押し通らんとするを、武任やるまいとして、両人睨み合う。歌舞伎情緒が纏綿《てんめん》とする。
武任　『(高圧的な大身振りで)隆房殿。角《つの》を矯《た》めて、牛を殺すの諺《ことわざ》とてもござりまするぞ』
隆房　『何い』
武任　『ただ身のまわりの武辺のことのみ、狭く小さく汲々となされてでは、折しもまさに竜飛鳳舞《ほうぶ》の大内御所、行末の程こそ心もとのうござるよのう……』
隆房　『控えい、武任。愚弄するか』
武任　『それとも尾州殿にはなんぞ、殿の御器量にご不安でもお持ちかな……』
隆房　『(堪忍の緒を切って)相良武任っ、慮外《りよがい》であろうぞ。ご右筆にこと寄せて昨今殿の覚えもめでたく、遠江守《とおとうみのかみ》に任官これある仁なればと思えばこそ、常日頃の思い上がった振舞にも眼を瞑《つぶ》ってまいったが、たかが出家上がりの新参者の分際で、この隆房が至誠の義をこけに致すか!』
隆房、刀に手をかける。武任は気迫に圧されてよろよろと後退《あとずさ》り、若狭《わかさ》、民部《みんぶ》の両人に支えられる。他の評定衆は二人の間に割って入り、抜刀せんとする隆房をさせまいとして必死に揉み合う。

能管、猛威をふるって場内を吹き荒れる。

隆房『エエ放せ、放さぬか……武任、待てっ……』

武任、朋輩衆に支えられつつ這々《ほうほう》の体《てい》にて上手へ去る。舞台、一団に制せられたる隆房を中央に残し、徐々に暗黒に還りはじめる。

琵琶歌〽東は出雲《いずも》に尼子晴久《あまこはるひさ》　西は豊後《ぶんご》に大友義鎮《よししげ》　いざ折あらばと控えしに　いかに大内

大身なれど　扇を小手に舞いさして　進むやいかに　群狼竜虎《ぐんろうりゅうこ》牙《きば》むく荒野を……

隆房『(叫ぶごとくに吐く)殿に……殿に、隆房、お目通りをっ……』

能管、ひときわ裂帛《れっぱく》の気をおびて高鳴る内に、舞台暗黒。

と、下手闇の奥底より、貞子と古少将の生霊、現われる。

貞子はやや寥しげなる風情にて、隆房をのみこんだ中央の闇のあたりをうち見守り、

貞子『……のう古少将。矢は一つ、早やもう弓弦《ゆづる》を離れたるぞ。相良武任が過分の取り立ても、増上慢《ぞうじょうまん》の振舞も……元はと言えばこのわらわが、密かに蒔いた置き土産……。許せ、

隆房……』

古少将『お方様……』

貞子『鎮西の雄大内に、その人ありと聞こえし丈夫《つわもの》、西国一の侍大将陶尾州隆房が忠義の誠

をやみやみと、心ならずも謀《たばか》るは、忍び難きことなれど……』

古少将『心残りはただ一つ、そのことばっかりにてはござりますれど……』

貞子『いったん選びし女の道。罪業深き烏羽玉《うばたま》の闇路はもとより覚悟の上……（貞子は思いを振り捨てるごとく、きっと正面を睨みあげる）もう、後へは退けはせぬ。かくなるからは、心を鬼に……』

古少将『（泣き崩れる）』

能管の音、嫋々《じようじよう》と研ぎ澄まされる闇の舞台に、と、どこからともなく満ちあふれてくる奇怪な羽音。やがてそれは嵐のごとく、舞台いちめんに去来する。凶々《まがまが》しい鳥の大群である。

古少将『（はっと顔をあげ）オオ、いずくよりか群がり寄せし、時ならぬこの鳥の群れは……』

貞子、顔前をかすめる一羽を猛然と手把《てづか》みにして、ハシと捉える。

貞子『地獄の使いか、闇路の禽《とり》……。迷い鳥を道連れに……のう、古少将……』

凄惨な艶《えん》をふくんだ大見得を貞子は切る。

古少将は、再び深く泣き崩れて、幕切れの木頭《きがしら》がチョーンと一つ、大きく入った。

それを合図に、このまがまがしい闇黒の予兆をはらんだ序幕の幕は、急速におろされた。

五幕十二場の大内壊滅劇は、今はじまったばかりであった。

正室貞子の命をおびて大内滅亡に心血を注ぐ、この劇の中心人物、局《つぼね》筆頭夏尾《なつお》も、まだ序幕には顔を見せてはおらないし、もう一人の主役、忠臣の道を歩まんとするために謀叛の闇路へ落ちねばならない家老筆頭陶隆房も、ほんのわずか、廻《まわ》り燈籠《どうろう》の絵面のごとくその片鱗を垣間見せたにすぎない。

片や奥向き、片や表向きで、それぞれ筆頭職にある二人の男女が、道は闇路と知りながら、女と男の道を全うするために腐心し鎬をけずり合って絢爛たる暗闘を繰りひろげる本幕は、これからはじまるところであった。

道具替りの幕間《まくあい》時間は、十分足らずであっただろう。ただの観劇の折でさえ、幕間ごとに席を立ったりはめったにしない曙子が、しかしこの短い序幕の終ったとき、その席にはいなかった。

休憩時間ではなかったから、場内の照明は半分くらい落したままで明るくなった。

綾野曙子の席は、そのとき蛻《もぬけ》のからであった。

曙子が席を立った理由を知るためには、時間を少し前に戻さなければならない。

まだ、序幕の幕は、おりてはいなかった。

幕切れ近くの、場内が明るみから闇へ移り変る境目どきであったから、舞台は大内殿正殿大廊下の場から貞子と古少将の生霊が出現する暗黒の場へと移行をはじめているときであった。琵琶絃歌にのって苦悶《くもん》を刻む美丈夫陶隆房の顔が、押し寄せる漆黒の闇にしだいにのみこまれて行きながら、まだ舞台の中央にくっきりと浮かび上がって残っていた。鋭い獰猛《どうもう》な笛の音が、矢のように曙子の耳もとへもおそいかかり、走り抜けては二の矢三の矢と繰り出されてきて、華麗な騒然たる昂奮をまき起こしていた。

曙子はふと、その笛の旋律のなかに身近で衣ずれの音がまじるのを聞いた。しのびやかな、不意の気配だった。

曙子が振り返るのと、その人影が背後の通路を通りすぎるのとはほとんど同時であったけれど、曙子には暗くてその人物の顔はよく見えなかった。だが、和服の後姿が、姉であった。姉だ、と、曙子は思ったのである。

姉は、入口の手前の通路でたちどまり、舞台には背をみせていた。闇が急に濃さを増し、笛もむせび音に変った。貞子と古少将の生霊が登場するところであった。

青地綸子《りんず》の和服の肩が通路の暗みに溶けこんで、眼を凝らしてもおぼろだった。

ほんの瞬時、曙子が腰を上げるのをためらった間の出来事だった。姉のそばへ、もう一つの人影が寄った。曙子の眼からは、姉の姿を遮るようにして立ったその黒い人影のせいで、姉が消え失せたという印象を曙子はもった。二、三秒、仄白《ほのじろ》い和服の裾や腕や襟首だけが、闇のはざまで見え隠れして、やがてサッと通路に明りが射しこんだ。

しかしそれも束の間で、すぐに元通りの暗さが戻り、曙子には、泳ぐように身を沈めて通路にうずくまる女の姿だけが見えた。

誰かが姉のそばへ寄り、一瞬姉をおおい隠し、そして入口から出て行った……。

闇の通路での黙劇は、そんなふうに曙子には見えた。

曙子は立ち上がっていた。

仄白い和服の女は、通路を這《は》うようにして入口のドアへ手をのばし、そのまま床へ倒れこんだ。

周囲の人間達も、この異変には気づかなかった。小さな異変は、彼等の背後で、しかもほとんど音もなく、一瞬の間に起こって終ったのだから。しかし、何かの変事であることは明らかだった。

曙子はとっさの判断で、とにかく女を抱え起こし、すばやくロビーの外へ出た。開演中の舞台を慮《おもんぱか》った行動だった。

無論、姉である筈はなかった。姉は、昨年死んでいるのだから。

見おぼえのある青地綸子に白い寒椿の手描き模様は、一瞬の間の幻のごとく消え、女の着衣は確かに青地の綸子であったが、花は寒椿ではなく、白い木瓜《ぼけ》の絵模様であった。

身八つ口から乳房の下を刺されたらしく、(刃物はナイフのようなものだと後にわかったが) 女は手で腋下をおさえたまま、軽い自失状態にあった。二十七、八の、垢抜《あかぬ》けた装いの女だった。

劇場の女従業員が、けげんそうに走り寄ってきた。男の用務員達も、二、三、目ざとく見つけて集まってきた。

「あの、救急車を……怪我してるらしいんです……」

「それから」と、曙子は言った。「誰か今ここを出て行ったでしょ？ 男の人です。その人を探して。その人がやったんだから……」

やったという言葉を曙子は使った。

ほかに適当な表現がなかった。男が刺したということは後で判明したことで、そのときはただ、出て行った男と、倒れた女と、女の身八つ口を染める血と、わかっている事柄はそれだけだった。

やったと言ってよいものかどうか、それさえもわからなかった。血と男を結びつけて、とっさに出た言葉であった。

出口にいたモギリ嬢と用務員が劇場の表へとび出してくれたが、男を見つけることはできなかった。

さいわいロビーに客はなく、劇場員達の処置も適切で、公演に障《さわ》る騒ぎにもならずに、女は用務員室に運びこまれた。

救急車がくるまでの短い時間、女はやがて正気に返り、二言三言、曙子達にも事情を洩《も》らした。

「知らない人です」と、女は言った。

観劇中、気分が悪くなって席を立ったが、通路の奥で急にめまいがし、壁ぎわにもたれかかったところを男に襲われたのだという。

そう言えばそんなふうな状態だったと、曙子にもうなずくことはできるのである。

後に警察の事情聴取の折りにも、女は語っている。

——いきなり耳もとで、こう言いました。

『やっぱり、あんたか』

って。それから、

『恥を知れよ、恥を』

って……確か、そんなような言葉だったと思います。なにしろ、いきなりだったんで、わたしもよくおぼえていません。とても気分が悪くて……体中に悪寒がして……どうしても辛抱できなくて席を立ったんです……あそこまで行って、ひどいめまいがして……すぐ目の前のドアを開けてロビーへ出ることもできなかったような状態だったものですから……そこへ、うしろから急にだったんです……

男は、背後から女を抱えこむようにして、ナイフ様のものを身八つ口へ刺しこんだ。

――声も出ませんでした。

と、女は言った。

――地面が沈んで行くようで……。

――ほかには何も言わなかったのかね？

――……離れるとき、何か……聞いたような気もしますけど……ほんとに低い声で……耳のそばで囁《ささや》くような声だったもんですから……はっきりはしないんです。

『死んだんじゃなかったのか』

……そんなふうな声を聞いた気もするんですけど……よくはわかりません。わたし、何が起こったのか、もうわけもわからなくて……とにかく、死ぬんじゃないかってそのとき思ったもんですから……もしかしたらそのせいで、そんな言葉に聞こえたのかもしれません……。

女が聞いた男の言葉は、それだけだった。

女の話は、真実らしかった。男に心当りはないし、そんな目に遭わされるおぼえもないとはっきり言い、警察の調べでも女の言葉にまちがいはないようだった。

とすると、女は、誰かに人ちがいされたのではないかという判断が出てくる。

――顔は、見なかったんだね？

――はい。

この証言は、曙子にも求められた。

見なかった、と答えるほかはなかった。顔はおろか、男の服装、身長、印象なども、曙子はほとんど正確に想い出すことはできなかった。一瞬のことだったし、暗がりのなかでの出来事だった。それに、曙子が眼を奪われたのは、男ではなく女の方だったから、曙子は女だけを見ていたということも言える。

曙子にわかるのは、それが男だったということだけである。

また、この質問は、劇場の入口にいたモギリ嬢や、ほかの用務員達にも確かめられた。

モギリ嬢の内の一人が、

――そう言えば、レインコートを着た若い男が出て行きました。

と、答えたにすぎない。それも、

――どんなレインコートだった？

――さあ……普通の黒っぽいコートだったと思うけど……。

その程度の記憶で、男の特徴については、まったく手掛かりになるような証言は得られなかった。

劇場の用務員室で、

『知らない人です』

と、女が言ったとき、曙子は奇妙に落着きを失った自分を、忘れることができなかった。

『やっぱり、あんたか』

と、男は言ったという。

『恥を知れよ、恥を』

『死んだんじゃなかったのか』

男が女に言い残した言葉は、わずかにこの三言だけであったが、それはいずれも、男の方では女をよく知っていることを物語っている言葉であった。

女は、知らないと言う。おそらく真実であろう。もし知っていて、男との関わりを隠そうとするのであれば、こんな言葉を女は決して口にしはしなかっただろう。

女は、誰かにまちがえられたのだ。

男は、誰かと人ちがいしたのだ。

(人ちがい……)

その理解が、曙子から平静さを奪った。

曙子も、その女を、見まちがえたのだから。

いや、見まちがえると言うよりも、それはまぎれもなく姉だ、と思ったのだから。

女は、姉には似ていなかった。体つきや背格好にそれらしい感じはなくもなかったが、それも青地綸子に白木瓜の花が、姉の持っていた白寒椿の着物を想い出させる程には、似ているとは言えなかった。その白木瓜の青地綸子も、そばで見ると、まるでちがった絵柄であった。

結局その女には、姉と似たところはどこにもなかったと言ってよいのだが、曙子は、劇場内で二度、彼女の上に姉を見たのである（二、三日後、彼女を病院に見舞ったとき、曙子はさりげなく確かめたのだ。開幕間ぎわのベルが鳴っているときに、彼女も場内へ入ったと言う）。

無論、三宅坂の雨のなかで見た姉は、彼女ではあり得ない。車で追い抜き、乗りつけた劇場のロビーに、彼女はいたのだから。それが姉だと思った自分に、曙子はうろたえはしたが、気のせいだと思い直すことはできた。

しかし今、曙子は、奇妙に落着きをなくしているのだった。

あれは気のせいではなかったのだ。姉は、ほんとうにこの劇場にやってきたのだ。三宅坂で見た姉は、幻ではなかったのだ。姉は、あのとき、曙子に、見える筈のない姿を見せたのだ。

ということは、劇場に入ってからも、姉である筈のない女が姉に見えたのは、気のせいでもなく、眼の迷いでもなく、そこに姉がいたからではないだろうか……。

姉が、女の体の上に姿を見せたからではないのだろうか……。

『とても気分が悪くて……体中に悪寒がして……どうしても辛抱できなくて席を立ったんです……』

『ひどいめまいがして……すぐ目の前のドアを開けてロビーへ出ることもできなかったような状態だったものですから……』

と、言った女の言葉が、曙子には偶然のことのようには思われなかった。

折しも舞台の闇中では、芳沢蘭右衛門《らんえもん》の生霊が跳梁《ちょうりょう》していた。姉が書いた戯曲であった。

(姉が書いた戯曲……)

そう思ったとき、曙子は、えたいの知れぬ戦《おのの》きを身内におぼえた。

理由はなかった。

いや、理由がなかったと言えば嘘になる。

姉の遺品のなかに一篇の戯曲の原稿を見つけ出したとき、曙子は眼を疑ったのだから。確かに姉は、芝居や映画を観るのは好きだった。好きではあったが、それは嫌いではなかったと後で思い当る程度のものだった。特別に芝居に偏したり、うつつを抜かして打ちこんだりしていた記憶はない。正直に言って、戯曲を書く姉など、曙子には想像がつかなかった。

姉が京都へ移ってから死ぬまでの五年近く、その間の姉の暮らしは、没交渉であったから曙子には定かではないが、姉は独りで自分を生かす仕事を持ちそれを貫くという性格の女ではなかった。競争率の高い名門の私大へ入ったかと思えば一年でやめてしまい新劇女優の修業をはじめたりクラブでギターの弾き語りやときにはヌードモデルにもなったりした曙子とちがって、姉は大学もきちんと卒業し、一流の出版社に一度は就職もした程の女であるのに、独力で生きて行くことができない人間だった。姉のそばには、いつも男がいた。大学を出たのも、一流出版社に勤めたのも、その男の要請があったればこそであった。

姉は高校へ入った年から、その男の意のままに動く女となった。

母の愛人であり、姉や曙子にとっては血のつながりのない伯父に当る人物だった。無論、伯父には家庭も妻子もあったけれど、父の死後、母との関係ができ、事実上姉と曙子は、この伯父を父親代りにして育ったようなものであった。

母が死んだ年に、姉は伯父の女になった。

伯父の意志通りに生きることが、姉の歓びであり、その歓びのなかで、姉は男につくす暮しの型を身につけた。大学へ行けと言われれば、行くことが、男への献身であった。姉は、骨抜きにされ、まったく意志を持たない女になった。

その伯父が亡くなった年、姉は出版社を辞めた。勤める目的がなくなったのだ。

曙子は、とめもしなかった。とめて、聞くような姉でもなかった。姉は姉の人生を生きればいい。姉がその生き方を選んだのは、おたがいにもう子供ではない頃のことだった。自分で選んだ生きざまなのだ。自分で背負うしかあるまい。曙子は、そう思って、とめなかった。姉の男遍歴がはじまったのは、むしろ自然なこととも言えた。男に支配されつくす暮らしがなければ、姉は生きて行けぬ女になっていた。曙子は、何も言わなかった。

ある日、アパートに帰ると、姉の身のまわりの物がなくなっていた。かわりに、置き手紙があった。

——ごめんね、曙ちゃん。
乃里夫《のりお》君と一緒に行きます。
姚子

文面は、実に簡単だった。

乃里夫というのは、曙子が入ってすぐにやめた大学での同期生だった。大学はやめたが、彼とのつき合いは続いていた。曙子は、もしかして自分は、この乃里夫と結婚するのではあるまいかと、しばしば予感めいた自覚を持った。何度も同棲を思いたち、そのつど、一日延ばしになってはいたが、それももう時間の問題だった。乃里夫は、その年に法学部を卒業し、東京で就職する筈であった。京都の大きな菓子屋の息子だった。

卒業式はまだだったが、就職先もすでに決まっていて、乃里夫は大学最後の休暇で京都に帰っている筈だった。

——乃里夫君と一緒に行きます。

それがどんな事柄を意味するのか、曙子にはしばらくわからなかった。

乃里夫のアパートへ電話をかけた。彼は、就職後も引き続きこのアパートで住むことになっていた。アパートと言うよりも、マンションと呼んだ方がよい、学生の身分には贅沢な設備を持った部屋だった。

「京都の方へお帰りになりましたよ、今日」

と、管理人は言った。

「今日？　じゃ、こっちに出てきてたんですか？」

「ええ。荷物の整理やなんかでね、三日ばかりいましたよ。今日、みんな運び出しちゃいましたがね」

「運び出す？　あの……じゃ、引っ越したんですか？」

「ええ」

「どこへ？」

「だから、京都にですよ。お家へ帰ったんですよ」

「それ、どういうことなんでしょうか」

「わたしも詳しいことは知りませんがね……お兄さんが急に亡くなったんで、京都の家を継がなきゃならなくなったって言ってましたよ」

「じゃ……就職はやめたんですか？」

「そういうことでしょうな」

曙子は、長い間、ぼんやりとその電話機を見つめていた。

五年ほど前のことである。

その日以来、曙子は、姉とも、無論乃里夫とも、交渉を絶った。

どんなせんさくも、する気にはなれなかった。受話器を置いた瞬間から、一切の過去を遮断したかった。そして、そうしてきた。

姉は、そんな女である。

独力で戯曲の世界にとじこもり、創作に没頭できるような人間ではなかった。

その姉が、死んだとき、一篇の自筆の戯曲を遺品のなかに蔵していた。とても信じがたい事柄だった。しかし、現実は現実だった。

曙子は、こう思った。

姉と劇作。およそ縁遠いとり合わせではあるけれども、自分も現在劇作家のはしくれである。

自分にもできた仕事である。昔から何をするにも、数等頭の質《たち》は上だった姉が、それをやってのけたからといって、別にふしぎはないではないか、と。

姉が京都へ移ってからの五年間、どこでどんな暮らしをしていたか、曙子は知らなかった。また、知りたいとも思わなかった。

姉が死んだのは、西陣京極の小さな一パイ飲み屋の二階にある薄ぎたない三畳部屋でだった。ガス管を口にくわえていたそうである。その飲み屋で働きはじめて、一か月足らずのことだったという。

経営者の韓国人が、いつか姉がテレビを見ているとき、

「あ、これ、妹が書いたドラマよ」

と、言ったのをおぼえていて、曙子を探し出したのだった。

連絡を受けて曙子が訪ねたとき、姉はもう小さな骨壺のなかへ入っていた。

それだけで、十分だった。それ以上、何も聞くことはなかった。曙子は、頑《かたく》なに耳をとざして、東京へ帰ってきたのである。

姉が、どんな暮らしのなかで、何を思って一篇の戯曲を書いたか、知るすべはないけれども、姉が書いたことにまちがいはない原稿だったのである。

『大内御所花闇菱《おおうちごしょはなのやみびし》』の初日の劇場で、姉が、曙子にだけ姿を見せたと考えるのは、これは曙

子の思惑次第であって、別にうろたえ騒ぐほどのことではなかった。

生きていれば、姉が花束に飾られて栄光を浴びる晴れの日であったから。死者に魂があるならば、姉がこの日この劇場にきていない筈はないのであった。

そして曙子は、現実に、その姉を見た。

姉ではない女が、闇の客席でだけならばともかく、明るいロビーの燦光《さんこう》の下ででも、姉その人に見えたのである。

(人ちがい……)

曙子が見まちがえたその女を、今一人、同じ劇場内で、誰かと見まちがえた男がいたのである。

その男が見まちがえた誰かとは、姉ではなかったのだろうか。

その男にも、姉が見えたのではないだろうか。

『やっぱり、あんたか』

『死んだんじゃなかったのか』

と、いう言葉が、曙子の頭のなかで渦をつくった。そして、

『恥を知れよ、恥を』

と、いう言葉が。

その言葉がもし、姉に向かって吐かれたものであるとしたなら、どう考えればよいのだろう。

『やっぱり、あんたか』という言葉は、男が、戯曲『大内御所花闇菱《おおうちごしょはなのやみびし》』を知っている人間か、あるいはその戯曲の作者名『綾野姚子』の知り合いか、どちらかであることを物語っているのではないだろうか。

男がこの劇場にやってきている以上、どちらも、男の頭には入っている文字であろう。

ポスターで、あるいはその他の報道や記事で、とにかく何等かの方法で、この芝居の興行を知ったからこそ、男はこの劇場にやってきたと考えていいだろう。

しかしそれは、戯曲名が『大内御所花闇菱《おおうちごしょはなのやみびし》』であったからこそ、作者名が綾野姚子であったからこそ、やってきたのではあるまいか。

そして、『死んだんじゃなかったのか』と思っていた女に出会った。『やっぱり、あんたか』と、男は言った……。

つじつまが合うではないか。

では、

『恥を知れよ、恥を』

という言葉は、何なのだろう。

その言葉を口にしながら、男は、女を刺したのだ。刺されるだけの理由が、女にあったからであろう。それが、男の言う『恥』なのだろう。女は、刺されてもいいほどの『恥』かしいことを、したのにちがいない。

(恥かしいこと……)

曙子は、考えるのだ。

それは、この戯曲の上演そのものを指して吐かれた言葉ではないのだろうか……と。

曙子をふと平静でおれなくさせるうろたえは、そこから生まれていた。

(姉が、こんな戯曲を書く筈がない)

という、今でも曙子の胸底では払いきれない、疑いの思いなのである。

(もし、この戯曲が、姉の書いたものでなかったとしたら……)

曙子は、恐怖と背なか合わせにいる自分に、うろたえているのだった。

しかし確かに、戯曲は姉の筆跡だったし、推敲や字直しや消し字の跡やおびただしい書き込みのひとつひとつが、すべて姉の手になる生原稿の様相を歴然と伝えていた。朱筆や、あちこちにまるで地図のように引きのばされた棒線や、インクの不統一な濃淡や……それらは、姉が産み出したものでなければ描きとれない原稿の紙面であった。

(まちがいはない)

と、思いながら、どこかで半信半疑の自分が捨てきれない、怯《おび》えであった。男が、あらかじめ凶器を身におびてきていたらしいと思われることも、曙子には、気になることだった。

死んだと思った姉の名が、堂々とポスターに刷り込まれている。もしその男が、曙子の考えているような男であったなら、姉の生死にかかわらず、刷り込まれているポスターの名に、がまんがならなかったであろう。

兇器をのんで芝居の初日にやってきた男が、やはり『綾野姚子』を知った人間ではなかったかと、曙子には思われてならないのであった。

しかし結局、この男の探索は、わからずじまいで終った。

刺された女の事件も、ごく小さな新聞記事になっただけで、誰も『大内御所花闇菱《おおうちごしよはなのやみびし》』と結びつけて考える者はなく、興行はいささかの支障もなく、一か月間を打ち上げたのであった。

劇評は、どれもおおむね好評で、「歌舞伎の大時代な古色濃い、娯楽劇としては秀逸な出来」と、讃辞を呈していた。

早春の仄暗い雨につつまれた一日、初日の劇場で見た、走り去る救急車のサイレンと水しぶきをあげる車体へ、まるで戯れかかりでもするようにいくたびもからみついた稲光りを、曙子は忘れることができなかった。
雷鳴は、その日、夜がふけるまで劇場の上空高く、去らなかった。

第一部　夏

第一章

五条通りから東山花山越えに山科《やましな》盆地へ抜け、車は国道一号線を下っていた。新幹線の高架道ぞいに盆地の中央を走っている。

「ずいぶん、いろんなものが建ちましたのね……山科って感じじゃないですね」

「そうどす。すっかり変りました……大阪の万国博ね、あれ以来ですわ。ホテル、モーテル、レストラン……バタバタ建ちよりましてん」

「そうでしょうね。七、八年前だったかしら……一度ここ通ったことがあるんですけどね……こんなじゃなかったわ」

「そうどっしゃろ……お客さん、東京からどすか？」

「ええ」

曙子は、しきりに何か話していたいという気持と、ともすれば黙り落ちて胸に不快な錘《おもり》がたれさがり、シートの底に沈みこんでいくような物憂さを、交互に感じ続けていた。

運転手相手にとりとめもない話を交していたつもりでも、ふと会話のなかに、乃里夫との回想がしのび入ってくるのが、不快だった。

大学へ入った年の最初の夏休みだったか……そう、もう七、八年前になる。伏見から桃山、醍醐《だいご》を抜けて、この山科へ入ったのだ。ちょうど今とは逆に、山科盆地を東山へのぼり、京都に出た。

白いコットンパンツをはいた清潔な長い脛《すね》を窮屈そうに折りまげて、乃里夫は、曙子にはわからない車の機械を自在に操作し、その歯切れのよい手捌《てさば》きやさばさばした足の動きは、見ているだけでも心楽しいさわやかな眺めだった……。

曙子は、いきなり首を振った。

つい一時間前、五年ぶりに会った乃里夫を、頭のなかから振り払おうとしたしぐさであったか、白いコットンパンツの乃里夫をやみくもに払い捨てたしぐさであったか、曙子にもわからなかった。

もう無縁な人間になりきった男なのに、会って別れた今、心が安らかでおれないのが、曙子には情なかった。

「お客さん……、小山や言わはりましたな……？」

「ええ。山科の小山中島ってところだそうです……山菜料理や、自在焼きなんかなさるお料理屋らしいんですけど……」

「へえへえ……聞いてます。確か、おす。牛尾山の麓どすねや……」

「そうですか……なにか、とっても寂《しず》かで、いいところだって聞いてるんですけど……」

「そうですねや。あのあたりは、ほんまに山科らしおっせ……音羽川のほとりどす……小さい川ですねやけど、山が迫って、ええ川どっせ……」

「そうですの……」

曙子は、笛方の藤枝雄村《ゆうそん》が、

「そうだな、河鹿《かじか》の里って感じだな」

と、言った言葉を、ふと想い出していた。

「小さい聚落《しゆうらく》なんだけどね……時鳥《ほととぎす》なんかが鳴いちゃってさ、いいよ、今時分。山峡の底って感じでさ……自然の山と渓流を取りこんでるの。ちょっと洒落《しやれ》た、垢抜けてる庭のなかに席があるの……滝の音がしんしんしてさ……また、その水の澄み加減が一品なんだな……」

雄村は、現在、鳴物・囃子《はやし》方とよばれる歌舞伎の下座音楽の世界では、最も優れた笛方の一人と言われている。まだ二十歳を出たばかりの若さに見える笛方だが、藤枝流の御曹子《おんぞうし》という肩書きをとっても、彼の笛は、父親の家元高村《こうそん》を凌ぐ伎倆《ぎりよう》だと誰もがみとめていた。

歌舞伎の大きな舞台には、弱冠二十代の若さで、たいていこの雄村が笛方をつとめている。

曙子が、雄村から声をかけられたのは、『大内御所花闇菱《おおうちごしよはなのやみびし》』の中日《なかび》ではなかったかと思う。

劇場の楽屋廊下でだった。

「ああ、綾野さん……」

と、彼は紋付袴《もんつきはかま》の舞台正装のままで、曙子を呼びとめた。

「綾野さんでしたっけね……?」

「はい。綾野曙子です」

「いや、こんなこと今言ったって、どうしようもないんですがね……ちょっとうかがおうと思ってて、ついズルしちゃって……」

「何でしょう……?」

曙子が歌舞伎畠の関係者達と付合いを持ったのは、この姉の戯曲がきっかけで、はじめてのことであった。無論、藤枝雄村と口をきいたのも、このときが最初である。

雄村は、『大内御所花闇菱《おおうちごしょはなのやみびし》』にふんだんに使われる笛の音を、受け持ってくれていたのである。

「ほら、あの『闇日輪《やみにちりん》』って笛ね……」

と、雄村は言った。

いきなりのことだったので、曙子は一瞬きょとんとし、

「ああ、ええ……」

と、すぐに思い当った。

序幕に、貞子と古少将の生霊が往時をしのびながら耳傾ける笛の曲が、『闇日輪』なのであった。

「あれ、どういう曲なんでしょうね？」

と、雄村は言った。

「え？」

「いや、もう舞台にかけちゃってる曲を、どういう曲だろうなんて聞くのもトンマなお話だけど……これ、いっぺん、たずねときたかったんですよ」

「ええ……」

「いや、あなたがお作りになったもんじゃないから、あなたにお聞きしてもだめかなあ……」

「はあ……」

曙子は、返答に窮した。

「そうですよね。これ、あなたのお姉さんに聞かなきゃわかンないんですよね。いや、僕もね、そう思ったから、つい横着して、勝手に僕流の曲作って吹いてるんですけどね……あれ、どうです？『闇日輪』になってますか？」

曙子は、

「ご立派な曲ですわ……」

と、答えはしたが、正直言って面喰《めんくら》っていた。なぜ雄村がそんな話題を持ち出したのか、その真意がはかりかねた。

姉の戯曲は、芳沢蘭右衛門と演出者の箕輪《みのわ》万造の手によって上演の運びになったものだったから、直接の作者でもない曙子などの口をさしはさむ余地はまったくなかった。また、何かを聞かれたところで、歌舞伎の世界の事情に暗い曙子には、適当な返答のできる筈もなかった。

戯曲が蘭右衛門の手に移ってからは、曙子は完全な傍観者にすぎなかった。蘭右衛門の助けを借りて、一通り関係者には挨拶も済ませたが、稽古にもつきっきりだったわけではなく、まためまり顔を出すのも場ちがいな感じがして、曙子は興行のふたが開くまで、ほとんど芝居には寄りつかなかった。

確かに『闇日輪』という曲名を、姉は芝居のなかで使っていた。これは、本幕になってその曲名の由来がわかる部分があるのだが、勿論、姉が創作した曲名で、現実にそんな笛の曲がある筈もなかった。

『闇日輪』というのは、文字通り闇の日輪を言った言葉で、現在で言う日食のことである。劇中、大内義隆の正室貞子が、義隆に嫁した折り、義隆から贈られた鏡の銘名だとわかるくだりがあるのだ。

中国渡来の名鏡という設定になっていて、青銅の鏡背文が闇の日輪、すなわち日食を象《かたど》ってあるというものである。太陽を月がおおい隠し、火炎の環と化した日輪を、文様にして、円鏡の鏡背に刻みこんである古代鏡なのだ。

日輪をおおい隠すほどの権勢栄耀《えいよう》の座に大内は今昇らんとしている。これを不遜《ふそん》の望みと思うなよ。人の勢いは人が作る。人は勢いを持たねばならぬ。眼をあげて見よ。あの日輪へでも手をさしのばそうとするその心の勢いが、人を作るのだ。野望ではない。これは、人が生きている限り、持たねばならない夢なのだ。夢を失ったとき、人は亡骸《なきがら》だ。その心を映したのが、この闇日輪だ。よく見よ。日輪の鏡背に彫りこまれている花菱文様を。菱の花は、この大内の家の紋だ。すなわち、この闇日輪の鏡こそ、大内が象徴だ——。

鏡は、女の命根と言う。義隆から贈られたこの古代鏡は、貞子の肌身はなさぬ愛蔵品となるのである。

『闇日輪』の曲は、この鏡に想《そう》をとって、劇中の呂雪《ろせつ》と呼ばれる笛方が、貞子のために作りあげた名曲ということになっている。

笛方は登場しないけれども、『闇日輪』の旋律は、序幕の幕開きから使われていて、全篇に妖《あや》しい濃彩を放つ仕掛けとなっている。

芳沢蘭右衛門が藤枝雄村にこの笛をまかせたのは、最高の布陣であったし、大げさな讃辞ではなく正味天才的な笛の名手だと噂される雄村も、それに応えて卓抜な音曲を舞台に展開してみせていた。

変幻自在な音艶《ねづや》の濃淡、花々しさが、蘭右衛門の水ぎわ立った一挙手一投足にからみつく闇の序幕は、殊に優れ、観客をいきなり大時代な劇中へ引きずりこんだ。

見事な曲だと言う以外に、曙子には言葉がないのであった。

雄村は、曙子の戸惑ったようなけげんそうな表情に気づいて、にこっと笑った。無邪気な、稚《おさな》さのあふれる微笑だったが、すぐにその笑みは消えた。どこか並みでない、凜《りん》とした風貌の匂う若者だった。

「実はねえ」と、彼は言った。

「あの曲作ってますときにね、親父が妙なこと言ったんですよ……」

「?」

親父というのは、無論、高村のことである。

「それ何だって聞くから、今度の芝居のお囃子《はやし》だよって言うとね、どれ見せてみろって、台本《ほん》をパラパラめくってたんですがね……ウーンて、妙な声出しちゃってね、ボリボリ耳たぶ掻いちゃうの。いや、この耳たぶ掻くのはね、うちの親父が考えこんじゃうときの癖。こんなとき声でもかけようものなら、とたんに天から雷でね。だからうちじゃ、ボリボリ見ると、みんなソーッと逃げ出しちゃうの。それがね、親父の奴、ポンと台本投げ出しちゃって、黙って行ってしまったの。こっちが逃げ出すのならわかるけどね……なんだか気味が悪いんでね、で、何だって聞いたわけよ」

雄村は、まるで友達にでも喋っているみたいに、ざっくばらんな口調であった。育ちのよさが、さわやかに曙子にも伝わってきた。

「そうしたら、変なこと言ったんですよ。今吹いてたのが、『闇日輪』って曲かい？　て聞くからね、そうだって答えたんです。お前、もいっぺん、この台本書いた人に会って見ろよ。こうなんですよ。だって、ご当人は亡くなってるんだから、会えるわけないですよね。だから、そ言ってやったんです。フーム、ボリボリ……またなんですよ」

「まあ……」

「そうでしょ？　変でしょ？　どうも僕の曲が気に入らなさそうなんだな。イチャモンつけてるんですよ」

「あら、そんなこと……だって、あんなに素晴らしい笛の音、わたしははじめて聞きましたわ。体が震えてきて……息がつまりそうだったんですよ」

「そうですか」

と、雄村は、悪びれない声で、しかしちっとも嬉しそうな顔も見せずに、うなずいた。

「僕も、せいいっぱい体虐《いじ》めて、苦しんで吹いてるんです。でも、できてないんですね。親父は、それっきり何も言わないけど、駄目だねって言われたのと同じことなんですよ」

「いいですか？　ちょっとお時間もらっても」

と、雄村は言葉を切って、気遣うように曙子の顔を見た。

「はい。わたくしはちっとも構いません」

「ところがね」

と、雄村は、言った。

「初日のフタ開け見ちゃってね、僕、親父に呼びつけられたんですよ。いきなり言うんです。腕はお前が上だけど、曲じゃ負けてるな……って」

「……それ、どういうことなんでしょうか？」

「僕にもわからないですよ。だから、誰に負けてるのかって……僕もちょっとムキになっちゃってね……」

「ええ……」

「それが、こうなんですよ。『闇日輪』って曲を、親父は以前に聞いたことがあるって言うんです」

「え？」

曙子は、思わず瞳《め》を見はった。

「もう五、六年前のことらしいんですがね……あるご招待の席でね、食事をしてて、たまたまその笛を聞いたんですって。どこか遠くで吹いてる笛だったそうです。で、そこの仲居《なかい》さんにたずねたんですね……その土地で、焼物焼いてる青年だって言うんですって。親父は言い出したら後に退かないところがあってね……わざわざ、その仲居さん使いに出して、曲の名をたずねにやらせたんですよ。まあ、親父がそこまでしたんだから、相当な笛だったんでしょうね。それが、『闇日輪』って曲だったそうです」

「…………」

「妙な曲題なんで、記憶にまちがいはないって言うんですよ」

「で……お会いになりましたの、その青年と……」

「いや。会ったりなんかはしませんよ。また、会う必要もないんです。笛吹きは、笛を聞けばいいんですから。笛の音が、すべてなんですから……」

雄村は、曙子を見た。

「どう思われます?」

「どうって……」

曙子は、すぐには言葉を思いつけなかった。

「……ふしぎなお話ですわね。姉がいたら、何と申しますか……」

「僕ね」

と、雄村は、言った。

「昨日ね、そこへ行ってきたんですよ」

「え？」

「こんな話聞かされて、しゃあしゃあと吹いてるわけにもいきませんしね……勿論、僕の『闇日輪』は芝居のなかの笛ですけど……僕は僕なりにイイ線でてるとうぬぼれてたんですからね。現実に同じ名の曲があるってのは、ショックだったし……どのくらい負けてるのか、ぜひ知っときたかったんです……」

「…………」

曙子は、自分の声が恐る恐るといった感じに咽《のど》の奥でわだかまるのが、よくわかった。

「それで……お会いになりましたの……？」

「会いました。でも、笛は吹いてくれませんでした」

「どうしてですの？」

「たぶん、僕が身分を明かしたからでしょうね。駄目なんだな。こういうのが、まだ若いって言うんでしょうね。気負ってたんだな、僕も」

「じゃ、聞かずじまいで……」

「ええ。専門家に聞いてもらえるような笛じゃあないって、あっさり一蹴《いっしゅう》されました」

「姉の芝居のことも……お話になりましたの？」

「ええ。それが、まったく無反応なんですね。芝居なんかには縁がないし、また興味もないって言うんですよ、じゃ、ともかく、あなたの『闇日輪』ってのは、どういう曲の由来があるのか、それだけでも教えてくれって頼んだんですがね、由来なんてないってんです。彼が作った曲なのか、そうじゃないのか、それさえも教えてくれないんです。暖簾《のれん》に腕押し、馬耳東風てな調子なんです……」

「まあ……」

「よっぽど僕、高慢チキな顔してるんでしょうね。てんで相手にしてくれないんだから。嫌われちゃったも、いいとこですよ」

「そんなことありませんわ。わざわざそのために出掛けられて、筋道とおしておたずねになったのに……」

「いや。筋道とおしたから、いけなかったんですね。知らん顔して……こないだ通りすがりに笛の音を聞いたんだけど、もういっぺん聞きたくなってやってきた……とかなんとか言っちゃったら、案外簡単に吹いてくれたかもしれないんだけどな……。やっぱり、その点、親父はうまいな。会いもしなきゃ、話もしないで、一曲の性根を全部聞き出しちゃったようなもんなんだから」

「でも」と、雄村は苦笑して、

「あなたのお姉さんも、人が悪いな。いや、もし現実に曲があるってのを知ってて、あの台本書いちゃったのなら、怖い人だな。笛方の腕、試されてるようなもんだものね」

「すみません……」

「あなたが謝っちゃおかしいですよ。いや、謝ることなんかありませんよ。ちゃんとお姉さんは、台本のなかで『闇日輪』の性根を披瀝《ひれき》しなさってるんだから。それに追っつかない笛方の腕が、未熟なんですよ」

「そんなこと、決してありませんわ」

「いや、あなたがないって言ったって、現実にそうなんだから。あの男の『闇日輪』がどんなものかはわからないけど……少なくとも、うちの親父は、そっちの『闇日輪』の方が、この芝居の曲としても上だと見たんだから。僕の負けですよ。謝らなきゃならないのは、僕の方ですよ」

「どうか、そんなことおっしゃらないで下さい……」

「いやいや、あなたが恐縮なさるようなことないですよ。物を作る仕事ってのは、白刃《しらは》の勝負なんだから。あなたのお姉さんにも、僕は負けたんですよ」

雄村は、またにっこりとした。実に屈託のない微笑だった。

曙子はこのとき、ふと思った。その『闇日輪』を吹くという男も、もしかしたら、雄村のこののびのびとした屈託のなさに、圧倒されたのではないだろうかと。天性の才能に護られている人間にしか、それは許されないであろうと思われる、悠揚として迫らないすがすがしさなのであった。

「でも、負けは負けでもね、尽す手は尽しますからね……ま、千秋楽までには、僕の『闇日輪』も、僕なりに少しはサマになるでしょう。じゃ、またお会いしましょう」

雄村は、軽く会釈して、道具方の出入りする舞台裏の方へ歩み去った。

そんなことがあって、曙子が、黒御簾《くろみす》の内で床几《しょうぎ》に腰掛けている藤枝雄村のそばに立ったのは、その翌日のことである。幕間のあわただしい舞台袖だった。

「やあ」

と、雄村は振り返った。

黒漆塗りの笛筒がおさまった紫房の金襴《きんらん》の袋を、右膝の上で握っていた。

「あの、昨日のお話の方《かた》……どちらにお住まいなんでしょうか……」

「ああ。あれはね、京都の山科です。小山中島ってところでね、そう、『早蕨《さわらび》』って山菜料理の席を訪ねてったら、わかりますよ。彼の家はね、ちょっとそこから山奥へ入るの……」

と、雄村は気軽に教えてくれた。

第二幕目の幕開きの木が、ちょうど入るところであった。

「お客さん……『早蕨』へ着けてよろしか？　それとも、その焼物の窯ちゅうのを、じかに探してみましょうか？」

「え？　ええ……」

曙子は、運転手の声で、気がついたように窓外を見まわした。

……車は、山裾にそって人家の並ぶ細い道を、山峡へわけ入りながらくねくねと蛇行して進んでいた。

暑さの盛りどきを思わす灼けた光線が、眼になだれこんできた。密閉した冷房車である筈なのに、野の匂いが車内に充ちていた。土や水や山林の灼ける匂いのような気がした。

雄村の話を聞いてから、四か月近くがたっていた。今日出かけようか、明日にしようかと、一日延ばしに延ばしてきた京都行であった。

姉の消息には近づくまい。何一つ知らなくともよい。知らずにすませられるものならば、そうしておきたい、と思い思い過ごした四か月だった。

姉の戯曲に持った不審も、曙子が懸念したような事柄がもし現実にあるのならば、話題になった興行だけに、どこかからそれらしい反応や、影が射しこんでもよさそうだった。一か月の芝居が終り、さらに月日はたったけれど、どこからもそれらしいトラブルの持ちこまれる気配はなかった。

やはり戯曲は、姉が書いたものなのだ。あの雷雨の初日に劇場で出遭った一つの奇妙な傷害沙汰も、たまたま行き合わせることになった無関係な出来事なのだ。放っておいてよいのだ、と、曙子は思った。

何度も思いながら、やはり出掛けてきた京都だった。

出掛けてくれれば、行く先はきまっていた。

乃里夫と山科。それに、姉が小さな骨壺に入って曙子を待っていたあの場末の飲み屋小路、西陣京極。

曙子が姉の消息をたどり返す道の入口は、この三か所にしかなかった。どの入口も、曙子には、近づきたくない暗穴だった。汚穢《おあい》をただよわせた闇が、その奥にあるように思えた。

そしてすでに、一つはもうその暗渠《あんきょ》の入口を、曙子は覗いてしまっていた。

乃里夫と話したのは、ほんの一時間たらずの時間であったが、闇色の薄い黴蘚《かびごけ》が見るまに肌にひそみついて、もう払い落せないような気がしたのである。

「そうね」

と、曙子は言った。

「『早蕨』にちょっと着けて下さらない。そこで聞けば、窯の場所もわかると思うの。待っていただけるかしら？」

「よろしおっせ。ほな、そないしまひょ」

車は小さな地蔵堂のある辻を急カーブして、小坂をおりると、水打ちのされた砂利敷きの、二間間口に脇塀《わきべい》のあるどっしりとした藁葺《わらぶき》門の前玄関へすべりこんだ。

印半纏《しるしばんてん》を着た案内番の男が出てきた。

曙子は、焼物の窯のことだけを、その男にたずねた。

「ああ、風鈴焼いてるあの窯か」

と、男は気軽にうなずいた。

「それやったら、もっと奥どっせ。このハイキングコース、山の方へのぼらはったらよろしがな。そやな、半キロ見当どっしゃろかな……道よりちょっと低いところですさかい、川の方覗きこまはったら見えますがな」

『牛尾山ハイキングコース』と書かれた木の道標が、そう言えばその辻にもたっていた。黒羽カゲロウが、その白ペンキの標識文字の上で翅《はね》をやすめていた。

雄村が『河鹿の里』と言った山科の山峡は、森閑と夏の光につつまれて、水の音だけがした。

「風鈴と言いますと……あの、軒に吊すあれですか?」

「そうどす」

と、半纏の男は答えた。

「あれも、そうどっせ」

男は、『早蕨』の門の内の丸太棟に、鎖金《くさりがね》で四隅に吊されている釣鐘状の陶鐸《とうたく》を、指さした。

緑青色のくすんだ艶《つや》のない陶器だった。線彫りがほどこされていて、素朴で、ふしぎに典雅な軒飾りとなっている風鈴であった。

風鈴の窯は、すぐに見つかった。

檜と杉の谷間の林に、土塁を囲んだ小さなトタン屋根の掛け小屋があった。少し離れて、藁屋根の人家がぽつんと建っている。

小山の聚落の、そこが外れであるらしかった。

「帰っていただくようなことになるかもしれませんけど……車、ちょっとだけ待ってみてもらえます?」

「よろしおっせ」

運転手は、後部のトランクリッターを開けて、上の道に車をとめていた。

その谷間の小径《こみち》をおりるとき、曙子はほんとうに河鹿の声を聞いた。

河鹿は、雄が鳴くのだという。ひそかな、美しい声であった。

焼物師の家には、錠がおりていた。

呼んでみたが、人気はなかった。

掛け小屋のなかの、土饅頭《どまんじゅう》のような窯にも、藁筵《わらむしろ》がかぶせてあった。

第二章

ホテルに帰ると、曙子は、乱暴なしぐさで着衣を脱ぎ捨てた。眼に見えない薄い黴が、音もなく皮膚にはびこり、曙子の体をすっぽりとつつみこんでしまっているような気がしてならなかった。

曙子は、まっ先にシャワーへとびついた。湯しぶきがもっと鋭く、もっとはげしく針のように突き刺さり、肉の芯まで洗いながしてくれないのがもどかしかった。男のように、粗暴に筋肉を動かした。身をよじっている自分が、滑稽だった。

焼物師の家の近くの農家の主婦は、畚《もっこ》に山盛りの茄《なす》を川瀬で洗っていた。

「へえ、留守してはりますねや……ちょくちょく夏場は留守しはりますねん……」

「行く先はおわかりじゃございませんの?」

「へえ。知らしまへんのや」

「お家の方みんなでお出かけですの？」

「そうどすねや……まあ、みんな言うたかて、若い衆《し》が二人いてはるだけどすけど……」

「二人……？」

「へえ。藤助《とうすけ》はんのな……ま、てごしなさってた人達どすけど……」

「……藤助さんて、申しますのは……」

「いや、もうな死なはりましてん……あの窯でな、風鈴焼いてなはった人ですねん……」

「と言いますと……？　あのお家は、その藤助さんて方の……」

「そうどすねや。もう齢《とし》いってな、独りで風鈴焼いてなはったんどすねやけどな……なあ、お商売にもならしまへんねやろ……焼いたり焼かなんだりどしたんどす……身寄りがない人どすさかい、まあ家のなかも荒れ放題どしたんやけどな若い衆《し》が住みついて、よう面倒みてあげなはったわ……」

「あの……その方達……住みついたとおっしゃいますと……？」

「へえ……なんや、わたしらも詳しことは知らへんねやけど……そうどすいな……もう十年近うになるかいな……この山にな、ハイキングにきはった人達らしおっせ……窯めずらしさに、ちょっと立ち寄ってみたて、あとで言うてなはったさかい……まあ、ほんまに行きずりの人どすわな……そのまま、居ついてしまいなはって……」

「まあ……」

「なあ……若い人は、身軽というか……思いきったことしはるというか……わたしらにはわからしまへんねや……。けど、どういうわけか、藤助はんもずるずる住みつかせなはってな……気心が合うたんどっしゃろかな……風鈴焼きの手っ伝《て》《た》いして、そらまあコツコツ、まめに働く人達どしたえ……もう、すっかり今は地の人間にならはりましたがな……」

「……じゃ、お二人とも、藤助さんとは赤の他人で……」

「へえ、そうどす。見ず知らずの人達ですねん……」

「どちらも……あの、ハイキングにきたまま、ここへ……」

「いや、一人はな、一年ばっかし後どしたえ……友達やて言うてなはったけど……今じゃあんた、窯も二人でちゃんと焼いてなはりますがな……」

「あの……じゃ、あのお家も……」

「へえ、藤助はんからゆずられなはって……そらまあ、死に水までとってもろうて……藤助はんも、死に目は淋しことなかったやろうしな……ふしぎな人達どす……」

主婦は、コロコロした太みの艶のよい大茄を洗う手をときどきとめては、ぽつりぽつりと話してくれた。ふしぎな人達どす、と彼女は言った。曙子も、そう思った。

ハイキングにきて、立ち寄った風鈴焼きの一人住まいの老人の家へ、一人はそのまま住みつき、今一人は一年後にやってきた。老人を手伝いながら、風鈴焼きの仕事をおぼえ、老人の死後、家と窯をゆずられて、現在では二人で焼物を続けているという。

世のなかには、いろんな人間達がいるのだと、曙子は思った。

「あの……その方達……笛をお吹きになりません？」

曙子は、主婦の手もとで砕けてはきらめく山水の流れに眼をとめたままで、たずねた。

「笛？　はあはあ……ときどき、吹いてはります。なあ、ほんまに今どき、めずらし人達どすいな……」

「いつ頃、お帰りになるかわかりませんの？」

「そうどすなあ……一月、ああして家しめてはることもおすしなあ……えらい遠方まで、土探しに出かけはるんやて、聞いたこともおすしなあ……ようわからしまへんねや……」

曙子は、湯しぶきに打たれながら、

『ようわからしまへんねや……』

と、言ったのんびりした農家の女の声が、耳もとで蘇《よみがえ》ってくるのを、聞いた。

よくわからない——その通りだった。何もかも、よくはわからないのだ。模糊《もこ》として、薄闇のむこうで揺れている人間達だった。

姉も、乃里夫も、そして、風鈴を焼くという二人の若い男達も……。

けれども、曙子は、その人間達のいる薄闇の奥に、はっきりと、自分がめざさなければならない道が一筋、まっすぐにのびていることだけは見えるのだった。

風鈴。

それは、『早蕨』の門前で四つの風鈴を眼にしたときから、忽然と曙子の行く手に現われた妖《あや》しい一筋の道なのであった。

曙子は、頭のなかで、甲高い木の音が鳴りはじめるのを、首を振って遮ろうとした。幻の木の音は、容赦なく、澄んだ音をあげるのだった。

『大内御所《おおうちごしょ》花闇菱《はなのやみびし》』、本幕、第一幕の第一場が、曙子の頭のなかで、とめようとしてもとまらない力で、ゆっくりと幕をあげて行くのだった。

大内殿築山御所、本殿『北の方』の館《やかた》の場であった。

幕があがると、舞台は、正面下手奥より回廊をめぐらせた絢爛たる離れ座敷である。高足の二重屋体組み、いちめんに金銀箔を掃き、数寄を凝らした造りだった。簾がおりていて、上手寄りの縁先に手水《ちょうず》。それより石組みの庭となり、奥は広大なる樹林の繁み。それに幔幕《まんまく》が張りめぐらされ、手前には井戸。下手に池と垣根があった。

簾をおろした座敷の回廊の軒先に、一間《いっけん》ごとに、風鈴が吊りさげられている。

天文十九年、初秋、某日の夕暮れどき。
風鈴は、華麗に風を奏で、蜩《ひぐらし》の声がしきりにする。やや遠くに、犬追物張行《いぬおうものちょうこう》されてあり、馬の蹄《ひづめ》や数多《あまた》の犬の吠え声が騒がしくする。
と、下手庭伝いに、侍女、雪絵《ゆきえ》（十七、八歳）があたりをうかがいつつ出て、素速く座敷の階段をのぼらんとする。そこへ、上手林のなかより、襷《たすき》がけ股立《ももだ》ちとった陶隆房の長男・月房《つきふさ》（十八歳）、手に鞭を持ち、出てきて雪絵にはっと気づく。
月房『お庭先を失礼仕る。犬追物興行の途中にて、馬場を破りて逃げし犬を追うておりまする』
雪絵はうろたえ、階段を駈けおりる。そのはずみで、懐から布に包んだ風鈴が一つ、転がり落ちる。あわててそれを拾わんとするを、月房が拾い、雪絵に渡す。二人、一瞬見合わせて、
月房『（急ぎ目をそらし）風鐸《ふうたく》の御当番でござったか。おお、そう言えば今宵は、「風鈴おさめ」の日でござりましたな』
雪絵『は……はい……』
月房『では、ご免』
月房は上気したる様子で、下手へ去る。
雪絵は会釈して見送り、ほっとする。と、するどく辺りを見返って、やにわに縁先へ駈けの

ぼり、軒の風鈴を一つ外して、隠し持った先刻の風鈴ととりかえて吊す。雪絵は、縁を走りおり、去りかけて、手の内の風鈴にしばし見入る。

一瞬ためらい、しかし激しく庭石にてそれを打ち砕く。雪絵、残骸《ざんがい》を袂《たもと》に受けて、辺りを見まわし、井戸の底へ払い落す。

荒い肩の息遣い。

遠く、梵鐘《ぼんしょう》の音。

このとき、下手庭垣に上﨟《じょうろう》・益山《ますやま》（三十代）うかがい出る。雪絵は知らずに、上手へ走り去らんとする。

益山『待ちゃ』

雪絵『（振り返って仰天する）こ、これは、お局《つぼね》様……』

益山『そなた、何をしておいやる。見かけぬ顔じゃが、どこの者じゃ』

雪絵『は、はい……』

益山『どこの者じゃと聞いておる』

雪絵『（すくみあがって）はい……いえ……わたくしは、この八朔《はっさく》、夏尾《なつお》様のお局にお召し上げいただきました……新参者にございまする』

益山『なに、夏尾殿の……。して、名は』

雪絵『はい……、雪絵と申しまする』
益山『はて、面妖《めんよう》な。本日は、京都園城寺《おんじようじ》勧学院《かんがくいん》様、醍醐《だいご》報恩院《ほうおんいん》源雅《げんが》様、遣明船《けんめいせん》御正使・策《さく》彦周良《げんしゆうりよう》様を迎えて、お屋形様には、貿易船無事ご帰国の労をねぎらわれてのお酒盛り、犬追物など、めでたいご遊興の宴なれば、奥向きお女中衆こぞっておとりなしお命じ下しおかれてあるに、今時分、夏尾殿のお部屋付きが、何用あって御本殿の庭先を徘徊《はいかい》いたす。夏尾殿の、お指図か』
雪絵『いいえ、あの……』
益山『エエ、ハキとせぬか』
雪絵『はい……（とひれ伏す）』
益山『それにそなた、なにやら今、そのお井戸へ捨てやったな』
雪絵『（色を失い）エエ……』
益山『あれは、何じゃ』
雪絵『あの、あれは……』
益山『あれは何じゃ』
雪絵『はい、あれは……』
益山『エエ、性根をすえて返答せぬか。ここをいずくと心得てある。畏《おそ》れ多くも北のお方様お住いの手水の井戸へ、うろんのものを打ち捨てたとあっては、たとえお局筆頭夏尾殿の手の者とは言え、御本殿ご警護一切をあずかるこの益山、めったなことで見逃がすわけには参らぬぞ。わけても昨今、お屋形の内外に、とかくまがまがしい風聞かまびすしく、不穏の取沙汰などこれある折りから、見ればなにやら仔細ありげな不審の振舞、次第によっては、このままには捨ておかぬぞ』

雪絵『(震えあがり)恐れ……恐れ入りましてござりまする……』

益山『白状しやるか』

雪絵『どうぞ、お赦《ゆる》し……お赦しなされて下さりませ。由《よし》ない心の迷いから、後先をもわきまえず……ついふらふらと、あの……軒端の風鐸《ふうたく》を……』

益山『なに、風鐸とな』

雪絵『はい、あの風鐸を……(観念して)この手にかけましてござりまするっ……』

益山『(愕然《がくぜん》として)な、な、何と……』

益山は、思わず縁先に走り寄って振り仰ぎ、アッと声をのむ。

益山『すりゃ、お前は、この風鐸を……』

雪絵『(必死に地べたへ平伏しながら)どうぞ……どうぞ一通り……お聞きなされて下さりませ。なにをお隠し申しましょう。わたくしは、宮野の在に荒屋《あばらや》掛けたる風鈴師の娘にござりまする。聞きますれば、お屋形様には、殊のほか風鐸をお愛《め》で遊ばされて、年ごとの季節の香り風流に、お屋形中の縁先へあまた風鈴をお吊らせなさるというお噂……ご奉公にあがる前より聞きおよび……亡き父親《てておや》がいまわのきわの願いごと、どうぞして叶えてやりたい一心から……』

益山『なに、亡き親の願いごととな……』

雪絵『はい。ほかに取り柄もない親ながら、たった一つ生涯かけて風鈴の音にとり憑かれ、一生に一度でよい、築山御所の軒先に、わが手で焼いた風鐸をと……言い暮らし、願い暮らして最期の息を引き取りましてござりまする。……この口より申すもはばかりながら、老いが身の執念こめて作りし風鐸、哀《あわ》れに華麗な音をたてまする……。折りしも今宵、北のお方様お離れにて、「風鈴おさめ」のご趣向が開かれますとか。お屋形様にもお成りになって、風鈴じまいに、この一夏の末の音を、おしのび遊ばすと聞きましたれば、せめて一刻半刻なりとも、山家《やまが》に朽ちし人知れぬ風鈴師が手塩の鈴を、お耳にかけていただければ、この身の果報、またわが親もあの世で成仏……と、ただもう夢中で……どうぞ、どうぞ不憫と思し召されて、この願い、お聞きとどけなされて下さりませ。そのためならばこの身の命、どのようなお咎めにも、もとより否やはござりませぬ。お願い……この通り……お願いでござりまする……』

雪絵は、泣く。

益山『(激しく足にて地を打ち踏み) エエこのたわけ者。不埒者めが。そなたこの風鐸を、ただの風鈴と思うてか。そなたごとき下賤《げせん》の命の百や二百と、引きかえになると思うてか。お屋形内に掛けられたる風鐸は、いずれもみな粒ぞろいの由緒ある貴重の物なれど、わけてもこのお離れの七つの風鐸は、お家にとってはかけがえのない宝物なるぞ。過ぐる年、唐大《もろこし》明国王家より、わざわざがお屋形様へ献上なった名誉ある大事の逸品』

雪絵『(動転して) ヒェッ……』

益山『それをそなた、こともあろうに……』

雪絵『(ワッと泣き伏す)』

益山『七つが七色とりどりに、異なりたる音をあげて、妙《たえ》なる風情を奏でる仕組みこそご自慢の、得がたい名器。その一つが欠けたるは、残る名器も早や反古《ほご》同然……』

雪絵は、一段と激しく泣く。

益山は、垣根の竹を一本抜き、それにて雪絵の顔をグイと起こす。

益山『そなた、まことはそれを知っての上での狼藉であろうがな』

雪絵『(苦しげに) め、めっそうな……』

益山『いいや、そうであるまい。本日の「風鈴おさめ」のご当番が、この益山の責と知っての不埒……サ、そうであろうが』
雪絵『決して……決してそのような……』
益山『いいやそうじゃ。そうであろう。サア、誰に頼まれやった。この益山が面目を潰そうための謀《はか》りごと。引いては北のお方様へ仇《あだ》なす企み。誰が命じた……（一きわ手に力をこめて）サ、きりきりと白状せぬか』
雪絵は、苦しげに身をよじる。
と、
このとき、簾《すだれ》の内に声あって、
おさい『えい、騒々しい』
侍女達の手で簾があがると、奥の襖が開かれて、大内義隆の継室おさい（二十七、八歳）上﨟夏尾（三十代）、以下、夕侍《ゆうじ》、村越《むらこし》など、あまたの局、侍女達を従えて出る。
舞台は、にわかに花めき立った。
益山『オオ、これは北のお方様。さては、ご酒宴も早や果てましたか』
夕侍『お客様方、間もなくお下りにてはござりましょうが、お後は東御殿様へおまかせして……』
村越『ひとまずわれ等は、引き取らせていただきました』

おさい　『(やや酔いを含んで、脇息《きようそく》にもたれかかる)水。水を持て』
侍女　『ハハア』
　おさいは、侍女の用意した水を一息に、嬌然《きようぜん》とあおる。
おさい　『のう、夏尾。本日の東御殿が裲襠《かいどり》は、あれは何じゃ。水紋に、こともあるに唐花菱を織り出したるあの人もなげな装束を、そなた見やったか』
夏尾　『(冷静の態)いかにも、恐れ入ったることにござりまする』
おさい　『花菱紋は、この大内が家紋じゃぞえ。礼を正したる積りかは知らねども、本日は肩肘はらぬご祝宴じゃ。かく打ちくだけたる身づくろいにて、座持ちなごやかにと、折角のわらわがこころざしも水の泡じゃ。見せつけがましゅう、ぎょうぎょうしい。本殿のわらわをさしおいて、一言の挨拶も無う、大内菱を身にかざすとは、無礼であろう』
夏尾　『仰せ、ごもっともにござりまする。なにさま、東御殿様には、広徳尼院《こうとくにいん》喝食《かつしき》を下られてまだ日も浅く、尼が身の暮らし向きとてもお抜け遊ばさず、諸事ご窮屈なご気性ゆえと思し召されて、なにとぞ御本殿様のご寛大なるお心をもちまして、お咎めもありませぬよう……』
おさい　『わかっておる。(内心穏かならぬ態)……誰ぞある、酒を持て』
侍女達　『ハハア』

侍女二、三人、奥へ立つ。
おさい『(空を仰いで)まだ日も高い。「風鈴おさめ」の刻限までには、一晌《いっとき》の間もあろう。行く夏の翳りを惜しんで、前座興じゃ。誰ぞ、酒の肴《さかな》しや』
侍女達『ハア』
侍女二人、扇をとって舞い出さんとするところへ、益山はじりじりしながら、進み出る。
益山『あ、いや、畏れながら、お方様に申し上げたき一大事の儀がござりまする』
おさい『後にいたせ』
益山『畏れながら、火急の事態にござりまする』
おさい『(不機嫌に)何ごとじゃ』
益山『ハハ。しからば、お前をご免こうむりまして……』
と、益山は、縁先へ上り、くだんの風鈴をはずして懐紙に受け、おさいの前へ差し出して、さがる。
益山『まずは、その風鐸、とくとご覧遊ばしませ』
おさい『(手にとって打ち眺め、驚く)や、や、これは何としたことぞ。唐王家よりの到来物とは似ても似つかぬ……真っ赤な偽物』
並みいる女達も、アッと驚く。

雪絵、激しく泣き伏して震える。
ただ一人、夏尾のみが、微かに身じろぎはしたけれども、すぐに泰然たる姿勢に戻る。
おさい『やい、益山。こりゃ一体、どうしたことじゃ。仔細があろう。訳を申せ』
益山『サ、その仔細は……そこにおいでの夏尾殿に、おたずねなされて下さりませ』
おさい『なに。夏尾に聞けとな』
益山『御意《ぎょい》。畏れながら、お家ご大切の風鐸一品、それなる偽物とすりかえおき、あまつさえ、手にかけましたる上、打ち砕き……』
おさい『何とっ』
益山『あれなるお手水の井戸へ投げこみましたる狼藉者、捉えてみれば、なんとマア、夏尾殿のお部屋付きではござりませぬか。段々と詮議の末、なにやら腑に落ちぬ様子ありげな不審の仕儀……』
おさい『夏尾。そりゃ真実《まこと》か』
夏尾『(騒がず)はい。あれなる者は、確かにこの夏、新規に召しかかえましたる女にござりまする。が、しかし、そのような大それたまね仕出かしましょうとは、まったく畏れ入ったること……』
益山『ハテ、白々しい』

夏尾『（黙殺して）なにぶん御殿勤めに日も足りぬ新参者ゆえ、万事勝手不如意、行きとどきませず、定めし粗相のこととは存じまするが……』

益山『（遮る）すりゃ夏尾殿には、この顛末を、粗相と言うてお逃げなさるか』

夏尾『（眉一つ動かさず）粗相ということもある』

益山『（つめ寄る）エエ。かかる大事が粗相で済もうか。畏れ多くも北のお方様のご威光にも関わる大事にござりまするぞ。上を上とも恐れぬ振舞、無頼千万。ことの次第を糺《ただ》すまでは、この益山が容赦はしませぬ』

夏尾『（冷然と）益山殿。お控えなされ。（夏尾はおさいへ神妙に手をついて）お方様にお願いの儀がござりまする。あれなる者、もし真実、ご大切の品に不届きを働きましたなれば、言語道断。言うに及ばずこの夏尾とて、責めはまぬがれようわけもござりませぬ。なれど、只今は折角御酒の肴遊ばさんとて、おくつろぎの時なれば、このご詮議、ひとまず後日におゆずりいただきまして……』

益山『そりゃなりませぬぞえ。ほどなくこれへ、お屋形様も御座遊ばして、「風鈴おさめ」の御検《お》《あらた》めもあろうかという矢先、肝心の風鐸が打ち砕かれて、お前様は、なんと申し開きなされます。かくなる上はことの決着、この場でハキとおつけなさるが上分別。お身のためにも、またお家のためにも、けじめはきっぱり潔うなされませ』

夏尾　『（微かに笑みさえ浮かべている）なんとまあ、益山殿には、鬼の首でも取ったるような、物々しい申され様《よう》……。他人の蠅を追うよりも、おのれの肩を払われたがよかろうに……』

益山　『（気色ばみ）何と』

夏尾　『お前様が、たってと望まれるなら、是非もあるまい。もとよりこの身に否やがあろうか。じゃが、益山殿。あれなる者が手にかけて打ち砕き、お手水の井戸へ投げ捨てたと言われたが……真実その風鐸、明国王家よりの献上品と、しかと確かめられた上でのご詮議でござりましょうな』

益山　『なに……（虚をつかれたる態にて、瞬時あわてる）』

夏尾　『それに相違はありますまいな』

益山　『（窮して）ムム……』

夏尾　『いかがなされた、益山殿』

益山　『（エイと虚勢をはって）ハテ知れたこと。それに残る偽風鐸が、なにより確かな逃がれぬ証拠』

夏尾　『その逃がれぬ証拠とやらが、ここにも一つ、ござりまするぞ。（目顔で侍女へ指図する）例の品を、これへ』

侍女　『ハハア』

侍女は、袱紗《ふくさ》包みを捧げて夏尾の前へ置く。
夏尾『益山殿へ、見ていただくがよい』
侍女『ハア』
侍女は、縁段をおりて、益山の前でその袱紗包みを開く。
益山は手にとって見て、アッと驚く。
益山『ヤヤ、これは……』
夏尾『正真正銘、まぎれもない唐よりの献上品。なんとそうでござりましょうがな』
おさい『なに、風鐸は無事であったか』
夏尾『はい。じゃによって、お方様には、お心安うなされませ』
益山『(唸るごとく)ハテ奇っ怪な。この風鐸が、なにゆえもってお前様の手の内に……』
夏尾『その不審を解くはすなわち、「風鈴おさめ」のご当番の、お前様が落ち度をあばくことにもならんと、内々で穏便に取りはからう積りであったなれど……今となっては、是非もない』
このとき、笛。忽然としのび入る。
夏尾『昨夜子《ね》の刻を過ぎたる頃でありましたか……おびただしい禽《とり》の羽音《はおと》に夢破られて、お庭におりれば……いちめん漆の闇に乱れとぶまがまがしい夜烏《よがらす》の大群。さては、先頃、築山の裏林へいずくよりか群がり寄せし、巣がけ不吉の夜禽《やきん》めのせいなるかと、お庭内を改めれば、芝の茂みに吊り紐切られて転がり落ちたるその風鐸。爪で切りしか、翼で打ちしか、いずれにもせよぷっつりと、元紐切って大事の品の地に落ちたるは、不吉の兆。もしこのまま気付かずに、人目にでもついたなら、お前様の落ち度ばかりか、お家にとっても、どのような悪い噂の種をまくやもはかり知れぬと……心騒ぐを打ち鎮め、手近にかわる風鈴をあとに掛けて、いったんは人目にたたぬようとりつくろい、折りを見て大事の品は、お前様の手に渡そうと、密かに心積りはしたれども、今となってはそれが仇。さあ益山殿。騒ぎのもとは、その風鐸。しかとお返しいたしましたぞ』

益山『おのれ、夏尾……（と言いかけて、言葉を改め）殿には、謀られましたな……』

二人は、縁の上と下で、一瞬激しく睨み合う。益山は無念げに歯噛みし、夏尾は冷やかにその益山を見据える。

おさい『やい益山。夏尾が言うがもっともじゃ。大事の品の失せたるを気付かなんだは、そちの手落ち。控えませい』

益山『……ハハア』

益山は恨みを残して、頭をたれる。

と、下手より侍女出でて、

侍女『申し上げます。只今、東御殿様、「風鈴おさめ」のご挨拶にまかり越されましてござりまする』

夏尾『お通し申しゃ』

侍女『ハア』

侍女下ると、花道より、大内義隆の側室・東御殿広橋《ひろはし》氏（二十歳）、唐花菱の裲襠《かいどり》を着して、女達を従えて出る。

東御殿『（花道七三に手をついて）北のお方様には、本日はお疲れ遊ばしましたでござりましょう。御祝宴、つつが無う果てまして、祝着至極に存じ上げまする。なお、勧学院様、源雅様、策彦《さくげん》様、皆様藹々《あいあい》とお下りなされてでござりました。重ねまして只今は、風流のお席にお招きたまわりまして、ありがとう存じ上げまする』

おさい『お役目、ご大儀。じゃが、「風鈴おさめ」は、行く夏の名残りを惜しんでの遊興三昧。例年の慣《なら》わしごとじゃ。紋服なんぞのお気遣いは、かえって迷惑。以後、ご無用になされませ』

東御殿『（戸惑いて）あ、これはまた気付きませせなんで……』

東御殿は、傍の上臈晴野を目顔で顧みて裲襠《かいどり》を脱がんとするが、供の女達は瞬時気色ばむ。が、主に制せられて、仕方なく脱衣を助ける。

東御殿　『（手をついて）気付かぬこととは申せ、行きとどきませず、なにとぞ不調法お赦したまわりますように……』
おさい　『（黙殺するごとくに立ち上がり、縁先へ出る）おお、美しい夕焼けじゃ。天も地も、はげしう茜《あかね》に染めあげて……見や、あの燃ゆる日のしたたるを』
夕侍　『ほんに、お屋形中に火をかけて、さながら炎の海につつまれたるようにござりまする』
夏尾　『これ。不吉なお言葉は慎みましょうぞ』
おさい　『よい。大内屋形を火の海にするあの日輪は東の間じゃが、大内が屋形を照らす権勢の火は、果《はて》知らずじゃ。明りを持て。屋形中に、明りを放て。あの日輪と明り競べじゃ。この夕焼けを消してはならぬぞ。屋形内の夕焼けを、真昼に変えて競うのじゃ』
侍女達　『ハハア』
侍女達賑やかに立ち上がり、灯を入れる。上下両手よりも侍女の群れ、行灯《あんどん》を捧げて出で、庭先の方々へともす。
おさい　『（艶然《えんぜん》と）のう、夏尾。例年の「風鈴おさめ」は、明りを消して風鐸の音をしのぶ慣わしじゃが、今年よりは、わらわが先例をつくろうぞ』
夏尾　『ごもっともにござりまする』
おさい　『他人《ひと》は他人じゃ。わらわが本殿に入ったからには、慣例《しきたり》はわらわがつくる』

夏尾『お気のままになされませい』

おさい『(満足げに) ほんに、黄金の光の降るような、目眩《めくるめ》く夏の終りの宵どきじゃのう……』

おさいは昂然と笑む。

と、このとき、襖の奥に声あって、

声『申し上げます。お屋形様、お成りにござりまする』

一同、中央の襖に向い平伏する。

風鈴の音一きわ高くして……襖は、静かに両側に開かれんとする。

その瞬間に、第一幕第一場は、暗転の幕切れとなる。

薄闇が、急激に舞台を押しつつみ、見るまに真の闇と化すとき、その中空にびょうびょうと生まれる笛一管。

笛は、この権謀術策、いずれが敵か味方かもはかり難いあやめも分かぬ大内暗闘の端緒を隠した花やかな女評定の場から、暗闘の具となり虫けらのごとく葬り去られる雪絵殺しの場、『築山御所裏庭の場』へと移る間、絶えまなく客席を怨霊の世界へ引きずりこんで、千変万化の音色を見せる……。

曙子は、濡《ぬ》れ髪を裸の肩にたらしたまま、浴室の鏡面の前に立っていた。ホテルの部屋は、クーラーの微動音をあるかなきかに伝えていた。

その微かな部屋の響音のなかを、渡る笛の音があった。幻の影音《かげね》は、笛ばかりではなかった。

曙子は、蛍光灯に隈もない明るい鏡の奥を見透かすように、直視した。

風鈴も鳴っていた。

山科の『早蕨《さわらび》』の門屋《もんおく》に、四条《よすじ》の鎖金で吊されていた緑青色の風鈴が、不意に現われたり消えたりした。

曙子は、谷間の窯からの帰り道、もう一度その門前で車をとめた。どんな音色を奏でるのか、聞きたいと思ったからだ。

印半纏《しるしばんてん》を着た料亭の案内番は、首をかしげ、しかし気さくに、壁にかかっていた芸妓の名入りの粋な団扇をつとと、とって、風を起こしてみてくれた。

風鈴は、土の香を放った、と曙子は思った。響きに土の匂いがあった。

「あかんのどす」と、案内番は首を振った。

「これは、四色で一色なんやそうどっせ。一つ一つは、みんな音味《ねあじ》がちがうんですわ。四つ集まらんことには、一つの音色にならへんのやそうどっせ。そういうふうに焼いてあるのやと、聞いてますけどな。そやからあんた、風が吹かなあかんのどすわ。まあ……そうどすな……そよ風が、やっぱりよろしおすな。ちょっとくらい、吹かんかいな……」

案内番は、わざわざ門前に打ち水をしたり、空を見あげてくれたりした。陽ざしだけが灼けきって、風の気配は、一そよぎもないのだった。

『七つが七色とりどりに、異なりたる音をあげて、妙なる風情を奏でる仕組みこそご自慢の、得がたい名器……』

戯曲のなかの言葉が、そのまま重なる風鈴だった。

風鈴。

風鈴を焼く焼物師。

『闇日輪』の笛。

……偶然が、このように踵《きびす》を接して、濃密にからみ合い、重なり合うものだろうか。

曙子は、『大内御所花闇菱《おおうちごしょはなのやみびし》』が、この山科の里へ、一筋まっすぐに、おぼろな道でつながっているのを、認めないわけにはいかないのだった。

そして、その道を歩いてみなければならない義務が、責めが、自分にはあると思った。

戯曲を世に出したのは、自分だから。

姉がこの戯曲を書いたという確証を手にするまでは、その道がどんな道であろうとも、自分は歩かねばならないのだ。

曙子は、五本のしなやかな指を、ザックリと濡れ髪のなかへ刺しこんだ。

鏡の奥に、一条あやしい光芒《こうぼう》のように、河鹿の鳴く里へつづく道が見えた。

第三章

電話は、二度かけて、二度とも話し中だった。

テレビドラマに役者として出る仕事が三本ばかりあり、いずれも脇の軽い役で、二本はすでに出番を撮りあげ、一本だけが月末に残っていた。ほかに、作者として、テレビとラジオにそれぞれ子供向けの番組が一本ずつあったが、短い時間帯のもので、一週間は体が空けられるように書き溜めて渡してあったから、東京を気にしなくてもすんだのだが、出がけに渡してきた原稿のことや、劇団活動のスケジュールやなんかのことで、かけなくともよい電話をかけている自分が、曙子にはとりとめもなく思えた。

昼前に起き出して、ホテルのグリルにおり、フルーツサラダと冷たい牛乳を飲んだ。

ウエイターが、スクランブルエッグを運んできたとき、曙子は、軽い吐き気をおぼえた。

暑熱の街へ出かけて行くのだから、無理しても体に入れておいたほうがよいと思ったのだが、手がつかなかった。

白い皿の上にのっている、よくかきまぜられた鮮やかなレモン色の卵料理は、見た眼に涼しそうだったのに、何度もフォークをとりあげては、やめた。

料理の色彩のせいだったか。軽快なレモン色のシャツを腕まくりして、

「やあ」

と、昔のままの笑顔をみせて現われた乃里夫を、曙子は瞬間想い出した。

東大路の八坂神社に近いあたりの喫茶店だった。

ドアを押して、背の高い均整のとれた乃里夫の姿が入ってきたとき、曙子は、大学一年の夏、彼に連れられてきたこの店を、再会の場所に選んだことを後悔した。

店のたたずまいは変っていたが、入ってきた乃里夫は、変らない微笑を持っていた。少し太って肉づきがよくなったことと、世馴れた感じが身についていて、男の成熟を感じさせたが、それ以外には五年前東京で別れた彼が、そっくりそこにいた。

いた、と思えたのは、しかし、束の間のことだった。対い合って座ってから、間もなくして、曙子は、見知らぬ男と話しているような錯覚をしばしば持たなければならなかった。ちょうど、五年前、一枚の短い置き手紙を見つけたときのように、乃里夫は、見知らぬ男に豹変した。

「元気だね」

と、彼は、座るなり言った。

「ウーン。きれいになったのかな。うん。とにかくそうや。大人っぽくなったんやな」

乃里夫は、

「モカ」

と、ウエイトレスに一言告げて、すぐに曙子の上に眼を戻した。晴れやかな、明るい眼であった。

モカ。曙子は、その言葉に酔った。何度聞き、何度耳馴染んだ言葉だったか。乃里夫は、いつもこのアラビヤの香りをたてるコオヒィを飲んだ。彼の鼻先で濃厚に溶けて、ふとおしよせてくる芳しいながれ香を、曙子はいつも彼といっしょに味わった。彼が飲むとき、曙子も見えないモカを飲んだ。黒い液体には苦さがあったが、曙子の飲むモカは、ただひたすらに甘やかな蜜の味がした。朝の陽ざしのなかで飲むとき、蜜は光りながら眼先をながれて金色にかがやき、夜灯の下で味わうとき、炎のように燻《くゆ》りたち、咽を灼いて、曙子を物狂おしくさせた。

モカ。

歯切れのよいその声が、あやうく曙子に歳月を忘れかけさせた。

「イヤ、ちっともかわってないな。やっぱり、それ飲んでるのか」

乃里夫は、曙子の前にあるティーカップを覗きこむようにした。

「美味《うま》いのかいな、紅茶にジャムなんか入れて……なんて言うたかな……ロシヤなんとかやったな」

曙子は、

（駄目）

と、心に叫んだ。

乃里夫がジャム入り紅茶をおぼえていたということが、曙子をうわの空にさせた。

「ところで……しばらく」

と、乃里夫が、長い優雅な指の手をさしのばしいきなり握手を求めさえしなかったら、曙子の上気した状態は、いましばらく続いたかもしれなかった。

しかし、乃里夫のその清潔さを鑿《のみ》で彫りあげたような美しい手を、眼にした瞬間、曙子の溶けかけた心は不意に冷めた。

その形のよい清潔な手が、五年前、自分に何をしたのかを、曙子は思い出したのだった。その手は、美しく、精悍《せいかん》だった。その手が美しく、精悍であるだけに、曙子の心は冷えあがった。

「お久し振りです。急にお呼び出しなんかして、すみません」

「水くさいこと、言うなよ」

「いえ。そんなにお邪魔するつもりはありません。少しだけ、お時間下さいます？」

「いやだね。たっぷりとじゃなきゃ、いやだよ」

「冗談はよして下さい」

「冗談にきこえる？　僕にも釈明させて欲しいな。それだけの時間は、とって欲しいよ」

「釈明？」

曙子は、ふしぎそうに乃里夫を見た。

「なにか思いちがいなさってるんじゃありません？　わたしには、そんなことしていただくようなことは、なにもありません。わたしは、綾野曙子としてあなたにお会いしているのではありません。綾野姚子の妹として、教えていただきたいことがあって、お電話さしあげたのです」

「どっちでもいいよ、そんなこと。でも、よくきてくれたな。……僕も、いっぺん会いたい思うてたんや。けど、照れくさいやろ。きっかけ、つかへんしな。ほんとやで。何べんも、連絡しょう思うたんやで」

乃里夫は、邪気のない眼をまっすぐに向けた。

なぜこの男には、こんなに明るい眼があるのだろうか、と曙子は思った。

「間が悪かったんや。急に兄貴が死んだだろ。店やってかなあかんようになって……勿論、君には話すつもりだったよ。けど、君は、地方公演に出てただろ？　だから、京都に帰ってから、連絡するつもりだったんだ。でも、姉さんだけにでもしらせとこうと思ってね……それで、君のアパートに行ったんだ」

乃里夫は、ちょっと言葉をきった。

「……魔がさしたんだよ」

と、そして言った。

「お酒出されちゃって……そりゃ、僕が悪いよ。なんといったって、僕が悪い。まちがいをしでかした僕が、悪い。けど、その場限りのことやと、思ったんや。君の姉さんも、そのつもりやろうと、思ったんや。いいかい、ここよう聞いてや。僕は、明くる日、アパートの整理全部すませてな、新幹線に乗ったんや。そしたら、君の姉さんも乗ってるやないか」

曙子は、聞くつもりのない話だったから、冷やかに聞きながしていたけれども、このとき、瞳を不意にとめた。

「驚いたよ」

と、乃里夫は、言った。

「僕と一緒になるって、書き置きしてきたって言うんだ。ほんとに、驚いた。僕は、引っ返そうと思ったよ。そんな手紙、置いてこられちゃ、たまんないよ」

「どうして、たまんないの？」

「だって、そうだろ。僕達のことは、そんなつもりじゃなかったんだから……」

「じゃ、どんなつもりだったの？」

「いいよ。君が怒るのはよくわかるよ……」

「怒ってなんかいないわ」

「いいから。とにかく聞けよ。僕は、名古屋でおりて、引っ返そうとしたんだ。でも、姉さんは、動かないんだ。動かないどころか、泣き出したんだよ。声をあげて、泣くんだ。人がいっぱい乗ってる車内でだよ。どないしたらええか……僕はもう、格好なしやった。なんでもして働くさかい、京都に連れてってくれって言うんだ。奥さんにしてくれなんて言わないから……京都に住みたいって、泣くんだ……」

乃里夫は、ときどき京都訛《なま》りのまじる言葉で、しかしやはり明るい眼をして、途方にくれたときの模様を語ってきかせた。

「僕も泡食ってな……とにかく、京都へ着いてからやと、腹決めたんや。なだめすかして……どんなにわかってもらおう思っても、姉さん、帰る言わへんしな……。京都に着いてからも、さんざん手こずったんや。彼女も昂奮してたしな……ま、一晩明けたら、気もしずまるかもしれん思って、ホテルを一つとったんや。勿論、シングルの部屋だよ。そのとき、僕は聞いたんや。今日、君が帰るってね。公演の予定が狂ったんだって！　僕は、そんなこと知らないから、まだ君は、一週間は旅先だと思ったんだ……」

乃里夫は、ちょっと沈黙した。

「もうとっくに、あの置き手紙を君は見てるって、姉さんは言ったよ。……わたしも、もう東京へは帰れない。そう言ったよ。……どこかで、歯車が狂ったんだな……と、僕は思った。もう、なにをしても、無駄なような気がしたんだ。でも、僕は、なんべんも思ったよ。君に話そうってね。……それから、待った。君から、なにか言ってくるのをね。……僕からは言えない。なにを言っても、もう元通りにはならないだろう……そんな気がしたんだ。でもさ、人間て、ふしぎだよな。日がたつと、きれいに忘れちゃうんだよな。深刻でなくなっちゃうんだ。君にも、昔通りの気持で会えそうな気がしてくるんだ。会いたいけど、ちょっと照れくさいって感じでな。ほんとだよ。きっかけがなかったんだ。君に会うきっかけがさ」

乃里夫は、再び手をさしのべた。

「だから、握ってくれよ、この手……」

「ふざけないで下さい」

曙子は、平静な口調で答えた。

だが、心は奇妙に動揺していた。乃里夫の話のなかに、彼は赦《ゆる》されてもいいと思わせる部分があるような気がしたからである。けれども、なにがあろうとも、この五年間はくつがえらない、という思いもあった。

この五年の歳月が、現実である以上、それにふさわしいなにかの事情があるのは当然だ。背信。裏切り。不慮の事態。なんだってよいのだ。それはたとえ、愛であろうとも。自分にはもう、決してとり返せない歳月なのだ。それだけが、現実なのだ。そして、真実なのだ。

曙子は、そう思った。

けれども、乃里夫は、手を引っこめはしなかった。

「ふざけないで。人が見ます」

「見たっていいよ。ふざけてなんかいないよ」

「もう一度、言います。わたしは、あなたに会いにきたんじゃないんです。あなたの知ってらっしゃる姉に、会いにきたのです」

「それ、どういうこと?」

「だから、あなたが知ってらして、わたしの知らない姉……五年前、この京都にあなたと一緒にやってきた姉について、教えていただきたいんです。姉は……どんな風にして、暮らしたんですか? この京都で」

「もう、いいじゃないか、そんな詮議は。忘れようよ」

「忘れるですって?」

「そうだよ。いつまでも、昔のことにこだわるのは、よそうよ。僕は、君に会いたいと思ってたんだし、君も、こうしてやってきてくれた。それだけでいいじゃないか」

「話せないとおっしゃるのね？」

「そんなことはないよ。でも、忘れたいとは思ってるよ」

曙子は、まじまじと乃里夫を見つめた。

そして、独りごちた。

「そう……そんな生活だったの。……ばかなひとね。そんなことだったら、東京にいたって、おんなじだったのに。……わざわざ、知らない土地にでかけて……苦労することはないじゃない……」

「待ってくれよ」

と、乃里夫は遮った。

「僕だって、できるだけのことはしたよ。洛南にアパートを見つけたし、知り合いのグリルのレジで働けるようにもした。クラブやスナックはよせって言ったんだけど……」

「よさなかったのね……」

「僕に迷惑をかけるのは厭だって言うんだ。僕にだって、それくらいの援助はできるよ。でも、きかないんだ」

「そう……」

曙子は、むしろ独り言のように、呟いた。

「そう言ったの……」

「ああ」

「かわいそうなひと……せめて、はじめのうちくらいは、満足な暮らしをしたのかと思ってたわ……ほんとに、ばかなひとね」

曙子の声は、冷えていた。

「あのひとは、男のひとの言いなりになる女です……それが、あのひとの歓びなんだから。言いなりになっておれるような……そんな男のひとを探して……探して、生きていたようなひとなんです……。右を向けって言われたら、いつまでだって向いてます。一生懸命に、向いてます」

「向いちゃいなかったよ。僕の言うことは、なに一つききゃあしなかったよ。洛南のアパートも、すぐに出た。僕に黙って出たんだよ。花見小路のクラブに勤めはじめたんだ。祇園《ぎおん》や木屋町のクラブを、二、三軒かわったよ。そのたびに、僕は探し出して言ったんだ。もうとめやしないから、行き先だけは、僕にしらせといてくれってね。僕も、できるだけ顔出すようにしたよ。困ったことがあったら、なんでも相談してくれって言っといたんだ……」

「しなかったのね？」

「ああ」

「じゃ、あなたと姉は、京都にきてからは……」

「そうだよ。なんにもありゃしないよ。そうだろ？　はじめから、そんなつもりじゃなかったんだから……あれは、一時のまちがいだったんだから。ずるずるそんな関係を続けることはできないよ。それは、君の姉さんだってわかってくれたよ」

「……そう。そうなんでしょうね。あなたにすがりついた姉が……ばかなのよ。自分のばかさ加減が、姉にもよくわかったでしょうね……」

「そんな言い方はしないでくれよ」

「いいのよ。あなたを責めてるんじゃないわ。姉のつまらなさ加減に、あきれてるのよ。あのひとはね、決して男を独占しようなんて思わないひとです。男を自分だけのものにしようなんて気は、あのひとにはないの。ただ、愛してもらえばいいんです……遊びじゃなく、からかいじゃなく……自分といるときだけは、少なくとも、自分をしんそこ愛してくれるひと……。そのひとが、ほかのひとを愛していたっていいんです。いいえ、家庭があっても、子供があっても……かまわないんです。そのひとの邪魔になるようなことは決してしません。ただ、自分を愛してくれているときだけ、正直に愛を自分にむけてくれるなら……それで、あのひとは満足なんです。……そのひとのためだったら、あのひとはなんでもします。決して、逆らったりしません。それが、あのひとの生甲斐《いきがい》なんだから。そんな暮らしが、世間では、まともに受けとってもらえないことくらい、あのひとだって知っています。でも、そうしなきゃ、あのひとは生きてこれなかったんです。……そりゃ、あのひとだって、自分だけを愛してくれて、奥さんにしてくれて、子供を産んで……家庭をつくって……そんな暮らしが欲しかったでしょう。欲しくても、やってこなかった……探しても……手に入らなかった……。そんなひとなんです、姉は。きっと、あのひとはあのひとなりに一生懸命、手に入れようとはしたんでしょうけどね……」

曙子は、ふと黙りこんだ。

それから、しずかに顔をあげた。

「ご迷惑でしょうけど、姉のいたクラブや、住まいの場所なんか……いえ、あなたのご存じのところだけで結構です。教えていただけません？」

曙子は、手帳と万年筆をバッグのなかからとり出して、乃里夫の前に置いた。

「それに、書いていただけるとありがたいんですけれど……」

「ちょっと待てよ。じゃ、姉さんは、東京へ帰ったんじゃなかったのかい？」

「東京へ」

曙子は、聞き咎めた。

「……そうか」

と、乃里夫は、呟いた。

「やっぱり、君のところへは帰らなかったのか……」

乃里夫は、コップの水へ手をのばしかけて、やめた。

「いや……」

と、そして言った。

「二年目だったかな。急に、いなくなったんだ。いや、いなくなることはしょっちゅうだったから、僕も、そう驚きはしなかったよ。また、探せばいいんだからな。そう思ったんだ。けど、見つからへん。それっきり、見つからないんだ。だから、僕は、東京へ帰ったんだろうと思った……」

「……そんなこと、言ってたんですか？」

「いいや。東京へ帰ることは、なんべんもすすめた。けど、相手にしてくれなかった……だから、きっと考え直してくれたんだなと、僕は思った。店の連中も、心当りはないって言うし……彼女は、どこの店でもそうなんだ。ほとんど人付き合いはしないんだ。だから、いつも探すのには骨が折れた……でも、どこからか、なんとなく情報は入ってきた。それが、パタッと絶えちゃったんだ。てっきり、東京だと僕は思ってた……」

「……それじゃ、それっきり……？」

「そうだよ、それっきりなんだ……」

曙子は、一呼吸おいた。

胸の内に、荒れ荒れた風が吹き通るのが、わかった。

「じゃ……あなたは、ご存じじゃなかったの？」

「？」

「姉は、昨年、死んだんです」

乃里夫は、一瞬、ぽかんとした。

「……死んだ？」

「ええ。この京都で」

「そんな……そんなばかな……」

曙子は、しんから驚きの表情をみせて絶句した乃里夫を眺めながら、この男は、姉にも、自分にも、無縁な人間だったのだ、と心で思った。

乃里夫が姉を愛さなかったのは、自分のためだ——とは、曙子は思わなかった。かりに、綾野曙子という存在がなかったとしても、乃里夫は、姉を愛しはしなかっただろう。乃里夫にとって、姉は、彼の言うように、ほんの一度、魔がさしただけの、まちがいの相手にすぎなかったのだ。

明るい眼を持つ、傷つくことを知らない若者。人並みな善良さと若さだけですくすくと育った男。人を愛しても、また捨てても、それが少しも、若さの妨げにも、手負いにもならない若者。

姉も、おそらくは自分も、そんな彼に魅かれたのではあろうけれども、やはり乃里夫は、自分達姉妹にとっては無縁な人間だった、という気がするのであった。

乃里夫は、しん底驚いた顔はしたけれども、澄んだ明るい眼を持っていた。瞳が明るく澄んでいるということは、彼のせいではなく、ただ生来の、単なる肉体的条件、現象であったかもしれないけれど、曙子は、見知らぬ人間を見ているような縁遠さを、彼に持たざるをえなかった。

姉がいなくなるたびに探し出し、探し出すことが自分の責めだと乃里夫は考えたのであろうけれど、そのたびに、姉がどんな思いをしたか、彼にはわかりはしないだろう。

彼に、それをわかれと言う気は起こらなかった。そんな彼を選んだ姉が、ただあわれだった。

そして結局、自分はやはり、この男のたった一度のまちがいが、赦せないのだと、曙子は思った。

探し、探されつする、乃里夫と姉が、曙子にはよくわかりながら、ふとそれはまるでなにかの愛の光景をでも見ているような連想をよび、嫉《ねた》ましささえおぼえている自分に気づくのであったから。

「京都のどこだ」

「西陣京極です」

「西陣……でも、またどうして……」

「それを、あなたにうかがいにきたんです。お心当りがないかと思って……」

乃里夫は、まっすぐに曙子を見た。

曙子も見返した。

見返しながら、曙子はたずねた。

「姉の……男関係は、どうだったんでしょうか」

「男関係?」

「はい。ありましたんでしょ?」

乃里夫は、即座に首を振った。

「ない」

「ない?」

「そうだ。ない」

「そんな……」

筈はない、と、曙子は言いかけて、言葉をのんだ。

信じられなかった。男を探し、探しそこねては、また探す……きりもない、姉の生活なのだった。

「……ほんとうなんでしょうか」

「ほんとうだ。僕も、そんな人ができてくれれば、まだ救われたんだ。だから、クラブの連中にも、そっちのことは、何度もたずねてみてる。そんな噂を耳にしたことはない」

曙子はこのとき、あるひとつの想念が、矢のように走りすぎるのを感じた。もしかしたら、という想いだった。

(姉は、乃里夫を、忘れきれなかったのか……)

無論、姉は、今までのどの男にも、真剣ではあっただろう。それ以外にないと思って、選ぶ相手であるにちがいなかった。そして、やがて破綻がやってくる。しかし、懲りはしなかった。性懲りもなく、また次の夢を追う暮らしへ入っていった。

一年近くも、見知らぬ土地で、姉が独りでおれる筈はあるまいと思われた。絶えず心の拠りどころがなければ、姉は生きられない人間だった。とすれば、乃里夫とのつながりは、姉のなかでは、今までのどの男達ともちがったものなのであっただろうか。

曙子は、しかしその考えを、放棄した。

自分の手で実地に当って、確かめてみなければ、信じられない……と、彼女は思った。

曙子は、黙って乃里夫の前の手帳を開いた。空白のページの上に万年筆を置いて、

「お願いします」

とだけ、再び言った。

綾野曙子の立ち去った後、ホテルのグリルのテーブルの上には、手つかずのスクランブルエッグの皿が残されていた。

曙子は、一度部屋に戻り、電話で車を頼んでから、またおりてきた。

ロビーを横切るとき、庭木立の奥にホテルのプールが見えた。デッキチェアが並んでいる。

その一つに、黄色い水泳パンツをつけた裸の男が寝そべっていた。

曙子の眼は、一瞬その黄色い布の上にとまり、すぐにはずされた。

昨日、乃里夫が、

「ちょっと待ってや。うちに用事残してるさかい、今電話ですますからな」

と、言って奥のカウンターへ立った後、黙って喫茶店を抜け出した自分を、曙子は大人気なかったと思った。今、そんなことを思い出す自分が、やりきれなかった。

乃里夫と長い時間を共にするのが、やはり苦痛であったのか。あのときが、乃里夫と別れる

汐《しお》どきだった、と曙子は思った。

「あなた……笛を吹く方《かた》をご存じじゃありません？」

「笛？」

「姉のまわりにいた人達のなかに、いらっしゃいませんか？」

「さあ……聞いたこともないな」

乃里夫は、曙子の顔をのぞきこむようにして、

「なにがあったんや？」

と、たずねた。そして、曙子の返答も待たずに、

「よっしゃ、まかしとき。事情はわからんけど、僕も手ェ貸すわ。とにかく、姉さんの消息、洗い直したらええのやろ？」

そして彼は、電話に立った。

「ちょっと待ってや。うちに用事残してるさかい、今電話ですますからな」

鮮やかなレモンイエローがよく似合っていた。善良な、傷つかぬ若者だった。

曙子はふと、姉もこんな風にして彼の前から姿を消したのではないだろうか、と、そのとき思った。

ホテルの玄関を出ると、太陽は、天空の中央にあった。

京都の夏は、暑かった。

第四章

西陣京極とよばれている飲み屋小路のある一画は、京都の場末といった感じが濃い。河原町、四条通り、新京極、木屋町、祇園、先斗町《ぽんとちょう》……などのような、花やかな賑わいや情緒にはほど遠く、うらぶれた歓楽の匂いが路地路地に古めかしくこびりついている。

昼間その小路に踏みこむと、その感じはなおさら強い。軒の低い間口の狭い安普請の飲食店は店を閉めていて、小さなポルノ映画の小屋がやたら目につく。胴巻きにステテコ姿、雪駄ばきの中年男が、小路のまんなかにたちはだかり、客が路地へ入りこむと、錆《さび》のきいた声をあげてポルノ映画の呼びこみをはじめた。

昼間の路地は、閑散としていた。

曙子は、その一間間口の飲み屋の表戸に手をかけてみた。昨年きたときもそうだったが、戸は閉まっていた。路地から、曙子は二階へむかって声をかけた。

竹の簾《すだれ》をめくって、シュミイズ一枚の女が顔をのぞかせた。白粉《おしろい》気のない若い女だった。

「どなたどすゥ」

自堕落な格好には似つかわしくない、意外に可憐な声だった。

「あの……金山さんに、ちょっとお目にかかりたいのですが……」

「おかあさん、今いてはりまへんえ」

「いつ頃お帰りなんでしょうか……」

「おぶ行《い》ってはるんどす」

女はちょっと顔を引っこめて、またすぐに出した。

「待っとくれやすか。今、おりますよって」

女はノースリーブのワンピースを着けて、表戸を開けてくれた。

「入っとくれやす。もう戻らはると思います」
七、八人腰掛けたら、いっぱいになる店だった。
女は扇風機をかけてくれた。

「あなた、このお店の……」

「へえ。従業員どす」

従業員という表現が、いかにも微笑ましかった。二十歳《はたち》前の子であった。

「最近、みえたの？」

「へ？」

「いえ、昨年ね、わたし一度ここへお邪魔したことがあるの……そのときは、いらっしゃらなかったようだから」

「いつ頃どす？」

「昨年の春」

「ああ、じゃあ、町子おねえさんのいてはる頃どす。うちは、その後釜どすねん」

町子おねえさんという呼び名が、不意に曙子の胸を突いた。

町子。

それは、曙子はすぐに忘れたけれども、確か昨年、この店で、経営者の金山が姉のことを話すときに使った呼び名であった。

「あなた、町子さんを、ご存じなの？」

「へえ。よう知ってますえ」

「あの……どういうお知り合いなの？」

「イヤ、どういうて……そやねェ……わたしがね、前につとめてた店のお客さんなんどす……」

「お客さん？」

「へえ。よう飲みにきてくれはって……可愛がってもろたんどす」

「あのう……その、前のお店っていうのは？」

「ついこの先の……五、六軒先の店どす」

「やっぱりこういうお商売の？」

「いえ、そこは、スナックですねん……」

「なんていうお店なの？」

「ミモザて、言いますけど……」

女の子は、けげんそうな顔をした。

「あの……お客さんは……なにか、町子おねえさんと……？」

「ええ」

と、曙子はうなずいた。

「町子というのは、わたしの姉です」

「いやァ……そうどすか……」

女の子は、びっくりしたような声をあげた。

「わたしね……」と、曙子は言った。

「昨年、姉のお骨《こつ》をいただきにきたときにね……姉のことは、なんにもうかがわずに帰ったみたいな気がしてるの。だから、お礼かたがた、出直してきたの。姉のことなら、なんでもいいの。話して下さらない？」

　女の子は、急に神妙な顔になった。

「姉は、あなたのいらしたお店に、お客さんで行ってましたの？」

「はい」

「いつ頃からですの？」

「死なはる……一年前くらいどす」

「なにをしてたか……わかりません？　その頃」

「……映画館の切符、売ってはりました……」

「切符？」

　曙子は、背筋をわずかに竦《すく》めた。

　扇風機の風が不意に冷えて、うなじをなぶった。

「……これ、人には話さんといてくれ言われてましたさかい……誰にもまだ言うてへんのどす……」

「どこの映画館ですの？」

「さあ……そこまでは聞いてませんのやけど……オンボロ小屋やて言うてはりました」

　女の子は、うつむいて、

「わたしのお姉ちゃんによう似てはるんどす……」

と、言った。

「向日《むこう》の競輪場で会いましてん……見たとき、うちのお姉ちゃんやと思いましてん……ほんで、夢中で声かけたんどす。……お姉ちゃん、家出てましてな、行先知れんのどす。だもんで、てっきりそうやと思うたんどす。……それから、ミモザに来てくれはるようになったんどす。お土産さし入れしてもろたり……よう可愛がってくれはりました……」

「じゃ……ミモザだけのお付き合いで……」

「はい。あんまり物喋らはらしまへんやろ。いつも一人できて、隅のカウンターに座ってはりました。喋るのは、わたしの方ばっかりどすねん……けど、親身によう話聞いてくれはりました……。こんなお商売してますやろ……町子おねえさんの顔みたら、ホッとするんどす……」

「……そう。お世話になったのね……」

曙子は、にわかに涙が湧いてくるのがふしぎであった。骨壺をかかえて帰ったときにも、湧かない涙だった。

そう言えば、姉のことで、涙などこぼしたおぼえは一度もなかった。

姉はやはり、東京の自分のもとへ帰りたかったのではないだろうか……と、曙子は思った。

「いえ、お世話になったんは、うちの方どす……」

女の子も涙ぐんでいた。

「で、なにか、自殺するようなお心当りでもありまして?」

女の子は、強く首を振った。

「ありません。今でも、信じられしません。そら、人間どすさかい……黙りこんでいてはるときもありましたし……いつもニコニコしてはる日ばかりやありませんでした……いろんなことはおしたのやろ。けど、あんなことしはるやなんて……うちには、なんにも思い当らしまへん」

女の子は、いきなり目がしらをおさえた。

「……この店、お世話したんは、実はうちどすねん……」

「え?」

「はい。……死なはる一月前でした。この近所に、住みこみで働けるようなとこないやろかて、相談受けましたんで……ちょうどここのおかあさん、人手が欲しい言うてはったし……口きいたんです。二階が三畳二間あって、たてこんだときには、お客さん、二階にも上がらはります。そやから、おかあさん、助かったて、よろこんではりました。……死なはる前の晩にも、店しめてからミモザに顔出さはったんどす。水割り二杯くらい飲んで、帰らはりました……。えろうグッタリしてはるんで、わけ聞いたんどす……おかあさんが、親戚に不幸があったんで、今夜一人で店やったんやて言うてはりました。明日もよ言うて、首振ってはったけど……笑うてはって、いつもと変った様子なんか、あらしまへんのや。……明くる日、店に出て、聞いたんどす。ガス管口にくわえはって……おふとんかぶってはったそうどす……」

女の子は顔をおおった。

「うちにもわけがわかりませんねんっ……」

そのミサ子という女の子は、姚子の死んだ後、誰も気味悪がって住みつく従業員がいなかったから、「おかあさんも困ってはったし」、自分がこの店へ移ってきたのだ、と話した。

「……町子おねえさんの幽霊が、出てきてくれはらへんかいなて、あの頃は毎晩思いました……そしたら、聞けるのに……わけ聞くことができるのに……。同じ三畳間に寝てるのやし、苦しいことがあったら……一言くらい、うちに話してくれはってもええやないかて……今でもうちは恨んでるのどす……」

曙子は、扇風機の音を聞いていた。

早春の雷雨の三宅坂が眼にうかんだ。

劇場のロビーや闇の客席も、脳裏に湧いた。

姉は、姿を見せただけであった。

曙子にも、何も話してはくれなかった。

終幕の幕がおりるまで、劇場の天空高く立ち去らなかった遠雷が、扇風機の音のなかに聞こえていた。

韓国人の経営者は間もなくして戻ってきたが、ミサ子の話以外に、生前の姉の消息を知る手がかりを与えてはくれなかった。

よく働く、無口な女で、曙子の書く子供向けのテレビドラマを欠かさず見ていたという話を、再確認したにすぎなかった。

姉の死に場所が、なぜ西陣京極であったのかという疑問はとけた。

おそらくは姉は、ミサ子のなかに、妹との暮らしをしのんだのであろう。仲のよい姉妹とは言えなかったけれど、出たり入ったりしながらも、結局いつも、曙子のいるアパートへ帰ってきた。二人きりの肉親なのだった。

いわば西陣京極は、姉が京都で見つけた、そんな心の憩い場ではなかったのだろうか。

また、ミサ子にたった一つ洩らしたという身辺の手がかりである〈映画館の切符売り〉も、姉の言葉と考え合わせれば、人眼につかない仕事と言えた。姉が、なにかの事情から、そんな生活を送っていたとすれば、西陣京極は、同じ水商売でも、たしかに密かな世渡りができそうな場所であった。

姉がここに住みつく以前の暮らしぶりを、誰にも話していないことからも、そんな姉の心づもりが、曙子には想像できた。

西陣京極は、姉が身をひそめて行きて行くには格好の、一つの隠れ場所ではなかったのだろうか。

曙子は、別れぎわに、ミサ子の手をとって礼を言った。

「ありがとう……あなたがいて下さって、ありがたかったわ。姉の幽霊がでてきても……きっと、一番最初にそう言うわ」

暑い陽ざしの表へ出たとき、小路は人影一つなかった。曙子は、廃墟の幻想を持った。

路地の辻まで五、六歩あるくと、とたんに、その道すじに男が立った。

胴巻姿にステテコの、映画館の呼びこみだった。

あらわなポルノ写真のスチールが、狭い塗装のはげた小屋の表を飾りたてていた。

白昼の人気のない路地の一刻だっただけに、その看板やスチールのわびしさは、不気味な眺めだった。

曙子は、眼をつぶって、前を通り抜けた。

京都の暑さは、昼間よりも、薄闇がおりはじめた宵口にさかんとなる。

曙子は、一度ホテルへ帰り、部屋には上がらないままで、陽が落ちるまで、ロビーのソファで飲み物をとったり、ショッピングケースを眺めてまわったりして、時間を費やした。

姉が京都へきた最初の一年たらずと、死ぬ直前の一か月だけが、今、曙子の手で触《さわ》れる、姉が京都へ遺していった残骸の時間である。

西陣京極が、姉の終焉《しゅうえん》の地となった理由は、なかばはわかり、わかっただけに、なぜ死がとつぜん姉の上におとずれたのかが、一層謎にけむるのだった。

姉が身をひそめていたという感じが、曙子にはした。だが、なぜ身を隠すのか。

誰から、あるいは何から、身を逃がれていたのだろうか。

乃里夫からか。

それとも、もっと他の理由からか。

映画館の切符売り場にいたという姉も、ミサ子とはじめて出会ったという競輪場のなかにいる姉も、曙子には、すぐには想像のつかない見知らぬ姉であった。

姉は窓口で車券を買っていたという。

姉に、そんな趣味や習癖があったとは初耳である。およそ賭事などには縁のない女であった。

姉に、男遍歴さえなかったら、姉はしずかでつつましい、このうえもなく優しい家庭的な女だった。頭のよさも、決してひけらかせはしなかったし、ひかえめで、今思えば、いつも姉に当り散らしていたのは、曙子の方ばかりではなかったかという気さえする。

当り散らしても、姉は逆らったことはない。涙ぐんだり、ひっそりと泣いていたりはしたけれど、黙っておだやかに辛抱していた。辛抱するのはいつも曙子の方だったのに、なぜか姉を想い出すとき、辛抱という言葉は、姉にこそふさわしい気がするのだった。

姉との数知れぬいさかいが、手あげ足あげの取っ組み合いにならなかったのは、いつもそのせいであった。

実際、姉に男遍歴さえなかったら……いや、姉が、彼女をそんな女にした最初の男、曙子達の伯父と、結ばれさえしなかったら、姉は、女の曙子が見ても申し分のない、見事な女だったと言える。

美しさも、目に立ちすぎるということのない、ほどのよさがあり、内に隠れた気品とうまく調和していた。

競輪場で車券を買う姉は、曙子のなかでは、姉の姿と重ならなかった。

そして、『オンボロ小屋』の映画館の切符売り場で、入場券を売る姉も。

曙子は、そんな見知らぬ姉に、姉の京都での歳月を見た。どんな歳月だったのか、それを今たずねようとしている自分が、おそろしくも思えたのだった。

しかし、曙子が西陣京極でめぐり合った姉は、考え様によっては、ひどく対照的な姿を持っていた。

競輪場の姉は、窓口の外で、大群衆のなかにあって、車券を買っていた。

一方、

映画館の姉は、窓口の内にあっては、外からは顔の見えない密室で、入場券を売っていた。

どちらの姉も、意外だった。

けれども、どちらの姉にも、身をひそめて生きていたかに想像されるある淪落《りんらく》の気配が感じられた。

山科の河鹿の鳴く里へ続いている一筋の道が、また幻のように、曙子の眼前に現われた。

日没近く、ロビーの照明がフルライトの状態になった頃、曙子は、ホテルを出た。

手のなかに、一冊の手帳が握られていたことは、言うまでもない。

宵の街は、晴れているのに、じとじとと濡れた炎にあぶられているようだった。

第五章

乃里夫が記した三つのクラブ、二つのバア、さらに二つのアパートの住所は、いずれも所在地名とわかりやすい地図が書き添えてあり、店ごとに誰に会えば適当か、その人名まで書き加えられていた。

姉が京都にきた最初の年の、それが、一年間の軌跡であった。

曙子はその夜、三つのクラブだけを廻った。

花見小路、木屋町、河原町と、三つのクラブはすべて、京都の中心繁華街のいわばどまんなかにあった。

無論、場所はそれぞれ離れているが、共通して言えることは、三軒とも、選り抜きの高級クラブなのであった。

最初と最後の二つのクラブでは、乃里夫の話を確認しただけで、収穫らしいものはなかった。

それに、ひどく落着かなかった。

乃里夫が教えてくれた店だ。しかも、彼が会えと指名した人物がいる店だった。彼が連絡をとっていることは十分考えられた。勿論、彼にしてみれば、それは曙子への好意なのではあったけれど、曙子は、彼に会いたくはなかった。

乃里夫との訣別は、五年前にすんでいた。

たとえどのような事情があろうとも、どのように自分の心が揺らごうとも、あの訣別の刻《とき》を、曙子は忘れることができなかった。

時がすべてを解決する、と、よく人は言う。

曙子には、そのさとりすました言葉のまやかしの部分が、おそろしいのであった。人間の上には、解決しない時もあるのだ。

しないものを、したと思いこむその錯覚が、人間をいつも不幸にするのだ。もっとおそろしい未解決の沼へ、突き落すのだ。

曙子が生きている間は、あの五年前にあった一つの訣別も、決して死にはしないのだ。

再び乃里夫に会うことは、曙子には、もう無意味なことなのであった。そこからはなにもはじまらない、いや、なにもはじめてはならない、いわば空白の刻を持つにすぎないことなのであった。

乃里夫がいつ現れるかと、それを慮る気持が絶えずつきまとって、曙子は、妙に追いたてられる心が先に立ったのだ。

ただ、探訪順序のまんなかにはさんだ花見小路のクラブだけが、そんな曙子の落着かなさを、ぬぐいとってくれたのだった。

『ブラック・ドガ』という店だった。

スナックやバアのネオンが鈴なりのビルの五階にあった。

樫《かし》の木扉を押して入ると、ふかふかの絨毯とガラスのテーブルと黒いピアノが、いきなり眼についた。

赤や青やのやたら凝りまわした極彩色の照明などを、気配にも見せないところが、ゆったりとした感じを与える店だった。

曙子はちょっと、靴のままで踏みこむには勿体ない絨毯だな、と思って、ためらった。

「どうぞ。そのまま入っとくれやす」

と、柔らかい声で、その女は笑いかけながら近づいてきた。

「ようお越しやす。さ、どうぞ……」

磨きのかかった、客あしらいの微妙な呼吸をのみこんだ柔らかさが、快かった。

上質の女だな、と曙子は思った。男が、いい女だと踏むのは、こういう女だろうとも、曙子は思った。

一番奥のテーブルへ、女は曙子を案内した。

「あのう……」

と、曙子が口を開く前だった。

女は、

「綾野さまとちがいますの？」

と、問いかけた。

「ええ……」

「やっぱり。イヤ、そんな気ィしましたんどす。姚子さんに、やっぱりよう似といやすわ……」

女は、

「牧子どす。よろしに」

と、ボーイの運んできた熱い手拭きを、ひろげながら、曙子の前へさし出した。

最初の店でも、乃里夫の連絡は入っている風だったが、席に着いてその女の名を通さなければ、相手はやってこなかった。

「驚いたわ。そんなに似てます?」

曙子は、挨拶もすませぬ前から、なにか牧子という女に親しみをおぼえた。

「へえ。そう思って見れば、似といやす。けどこれ、勿論、柏木はんから聞いてますさかい、わかったのどす」

柏木というのは、乃里夫の姓であった。

「そうですか……あの、わたくし……」

と、曙子は、改まって挨拶をしかけた。

「よろしよろし」

と、牧子は、やさしげに手をひらめかせて、

「それより先に、お気持、聞かせとくれやす。ぶっちゃけたとこ、あなたが見えたら、電話するように頼まれてます。チーフにも、頼んではったさかい、ここにおいやしたら、おっつけ柏木はん、見えますえ」

牧子は、さりげなく声を低めて、

「よろしか、お会いになっても?」

と、言った。

「さしでたことやったら、かにんしとくれやす。うち、姚子さんに、あなたのこと聞いてます」

「え?」

「それで、おうかがいするのどす。もし、ご都合悪かったら、ここ出まひょ。うちは大丈夫どす。まだ早いし、そのくらいの自由はききます。どうどすの?」

牧子は、衣紋《えもん》の美しく抜けた繊細なうなじをひそやかにのばして、曙子の眼をのぞきこむようにした。

「……すみません」

と、曙子は、答えた。

「そうどすか」

と、牧子はうなずいた。

「そんなら、早い方がよろし。おジュース持ってきますさかい、飲まはったら、立っておくれやす。このビルの二階に、『ジャム』というお店がおす。会員制のお店どすさかい、ドガの牧子から聞いた言うてもらえば、わかるようにしてあります。そこで待っとくれやす。少し時間をおいて行きます」

曙子は、こんな女は、この京都にも数いまい、と、思って感嘆した。

姉がなにを話したのかは知らないけれど、乃里夫からの連絡があったというだけで、見も知らぬ曙子の心情を、初対面の彼女が、ここまで見抜き、汲みとっていてくれることに、曙子は舌を巻いた。

世のなかには、こんな素敵な女もいるのだと、曙子はこのとき改めて思った。

そして、牧子の好意を、受けることにした。

「イヤ、そうどすか……かんにんしとくれやっしゃ……」

牧子は、チーフらしい男の傍を通るとき、曙子を送り出しながら、わざとらしさのないさばけた調子で、花やかにそう言った。

「お店まちがえはったんやて……」

と、傍の同僚にも声をかけ、曙子に、

「そのビルやったら、よろしか、もう一つ先の辻どすねん……」

と、念をおすふうな細工もしてくれた。

それが実にあざやかで、曙子は、ごく自然に、入ったばかりの店を出ることができたのである。


牧子がやってきたのは、三、四十分後のことである。

席につくなり、牧子は、いたずらっぽくチラッと舌をのぞかせて、首を竦めてみせた。

「でしゃばりどすやろ？　かんにんえ……」

と、くだけた感じをつくってくれた。

「けど、ほんとによろしおした？」

「ええ、ありがたかったわ、とっても」

「そう。そんならよかったわ」

「でも……姉がなにを話しましたの？」

「よろしよろし。柏木はんのしはったことは、あなたには、ひどいことやなかったのかと思うただけどす。女は女。女やないとわからへんこともおす」

「じゃ、姉は……柏木さんとのことを……お話したんですか？」

「へえ……まあ、だいたいは、聞かせてもらいました……置き手紙のことも、知ってます」

「そうでしたか……」

曙子は、姉が、この女に打ち明けたときの気持が、なぜだか抵抗もなくすうっと理解できるのだった。

「姚子さん、泣いてはりましたえ……あなたに、顔むけできんて……一生、妹とはもう会えへんて……魔がさしたんやて……そりゃあ、後悔してはったわ……。京都駅に着かはったときからね、柏木はんに賭けた自分がまちがいやったとわかったんどすて……柏木はんは、やっぱり妹にふさわしい人やったて……けど、それももうだめにしてしもうたて……」

牧子は、しみじみした口調で、誰に言うとなくふと言った。

「人を好きになるて、しんどいことやなあ……」

曙子は、黙って聞いていた。

「そやからね……」と、牧子は、言った。

「姚子さん、逃げてはったの……柏木はんが見えても、席にはできるだけ着かんようにしてはった……あの人のためにも、その方がええと思わはったんやろね……うちにはしらせてくれといやしたけど、お店も何軒もかわらはった……知っといやすか？」

と、牧子は、曙子を見た。

「ええ……柏木さんに、教えてもらいました……」

曙子は、乃里夫の書いた手帳を、そのままひろげて牧子に見せた。

牧子は、メモをたしかめてから、言った。

「このほかにも、まだあるのどす」

「え？」

「柏木はんも、悪い人やおへん。責任感じて、気使うといやしたんどす……けど、姚子さんには、辛いことどっしゃろ？　賭けた、て言うてはったさかい、それだけの決心して京都に出てきはったんどすのやろ？　柏木はんには、その気がなかった……けど、こまこう気ィ使うて心配してくれはる……そんなん、どうどす、地獄どすがな。逃げはるの、当り前どっしゃろ？　柏木はんには、それがわからしませんのや。……それで、思いきって、この街、はずれはったのどす」

「と、言いますと……？」

「伏見《ふしみ》にかわらはったんどす」

「伏見？」

「へえ……。伏見の中書島《ちゅうしょじま》いうところどす」

「中書島……あの……昔、遊郭のあったところですの？」

牧子は、言い辛そうに、うなずいた。

「そうどすのや。そらもう今は、普通の町どすけど……でも、このあたりとは、お商売の仕方もちがいますわね。べつに高ぶった言い方してるのとちがいますけど……姚子さんほどのお人には、もったいない気もしますのえ。うちのチーフかて、今でもこぼしといやすのえ。姚子さん手ばなしたの、惜しいことした言うて……わたしも、話きいたとき、反対したんどすえ。けど、見てるのが、辛うおすしね……ほとぼりさめるまで、それもええかもしれへんて思うたんどす……。とめること、ようせんのどすわ……」

「……中書島の、どこだかご存じですの?」

「へえ……小さいお店どす。部屋も、その近所に借りといやした」

「で、そこに、どのくらいいたんでしょうか?」

「二年はおいやしたと思います」

「二年……」

曙子は、胸の内がひとりでに騒いでくるのがよくわかった。

二年といえば、姉の不明な時間の大半はつぶれるのである。

京都に来て一年間の姉の生活は、あらかた想像がつく。その先の二年間が、伏見へ行けばわかるとしたら、あとは、姉の死んだ年の十一か月近くが、空白として残るだけである。

死の直前の一か月の動静はわかったのだから、この空白の十一か月も、その前の二年間の消息がつかめるなら、たやすく埋められるかもしれぬ。いや、きっと、それは可能だ。

姉の京都での生活の全貌が、ほとんど手の内に入ったも同然ではないか。それに、姉と牧子との付合いは、おそらく姉が心を許したただ一人の友人だったのではあるまいかと、思われる。

牧子を友人に選んだ姉も見事だったが、牧子もまた、十分にその姉の信頼にむくいているのだということが、曙子にはつまびらかに理解できた。

牧子にめぐり会えたことで、曙子のなかの闇に棲む姉は、白日のもとへ引き出せる。

綾野曙子は、そう思った。

それが、ほんの束の間の、あえない幻想であったことは、すぐこの直後に、わかったのではあったけれど。

「はじめの内は、ときどき会うたり、電話かけたりしてはいましたのやけど……なんせ、身ィ隠さはったんどすやろ……そんな、会うたり往き来してたら、いっぺんにばれてしまいまっしゃろ。この世界、広いようで狭いのどす。地獄耳て、ほんまにありますのえ。そっとしといたげなあかんて、うちも思いましたし……姚子さんも、そんなおつもりどした。それにうち、しばらくアメリカの方にも行ってましたし……それやこれやで、二年目の年は、ほとんど会わずじまいどしたんどすねや」

牧子は、眉をくもらせた。

「アメリカから帰って、すぐ電話を入れたんどす……そしたらどうどす。電話、出ェしませんの。お店にかけても、アパートにかけても、あかんのどす。調べてもろうたら……焼けたんどすて」

「え？」

「火事どすねん」

「火事？」

「そうどすのや。それがまあ、間の悪いことに……どうどす。お店と、その隣りが二、三軒焼けただけどすのやけど、姚子さんのおいやしたアパートも、そのなかに入ってますねん……」

曙子は、牧子の形のよい薄い唇を見つめていた。

「うち、もうスっとんで行ったんどす。焼けて一月はたってましたんどすけどね。……怪我人もなにもなかったそうどすねやけど……姚子さん、どこにいかはったのか、わからしませんのや」

牧子は、言葉をついだ。

「おいやしたアパートの経営者が、お店も持ってたのどす。土地の人やなかったもんやから、くにへ帰ったて言やはりますねん。新潟の方の人どすねやけど……うち、ほかに探すてがなかったもんやさかい、その経営者の引き揚げ先、区役所で聞いて、手紙出したんどす。けど、だめどすのや。姚子さんの行き先までは知らんらしいのどす」

牧子は、溜息をついてた。

「それっきりどすねやわ」

と、沈んだ声で、ぽつんと言った。

「今、どこで……なにしてはるか……」

曙子は、その瞬間、うろたえたように眼をあげた。

「え?」

と、そして、声をあげた。

牧子は、そんな曙子を、見返した。

「そうどすねや。うちも、そこまでしか知ってへんのどす。折角、妹さんがたずねて見えたというのに……かんにんしとくれやっしゃ。ほんまに、姚子さんがこれきいたら、とびあがってよろこばはるのに……」

牧子は、言いながら、その言葉をふとのんだ。そして、咽を少しあえがせた。

彼女は、息をとめたような顔になった。

「……なんぞ……あったのどすか……?」

曙子は、無言で、うなずいた。

「なんどす? ねえ……なんどすえ?」

せきこむように、牧子は、身を乗り出した。

「柏木さんから、お聞きじゃなかったんですか?」

「聞くて、なにをどす? あの人は、あなたが、姚子さんのことたずねに見えるから、見えたら、僕が行くまでとめといてくれ……そないわはったんだけどすえ……」

「姉は、亡くなりましたの」

「なんどすて?」

牧子は、しばらく放心したように、曙子の顔を眺めていた。

また、糸が切れたのか……と、曙子は思った。

美しい牧子の顔が、動かない女面のようにすべての表情を消していた。放心だけがあとに残ったその顔も、しかし、優しく、花やかだと、曙子は思った。

(京都にいた姉は、そんなに不幸ではなかったのではあるまいか……)

と、その美しい牧子の顔は、曙子に思わせたのであった。

水の流れるような静かな音楽が鳴る店の、静かな一隅であった。

その旋律はいつの間にか、曙子の耳もとでは、河鹿の鳴く渓流に変っていた。

その夜、曙子がホテルに帰り着いたのは、十一時すぎであった。

曙子は、七階の部屋のベッドに、衣服を着たまま身を投げ出した。

食事をとっていないことに、そのときはじめて気づいたが、空腹感はないようだった。

映画館の切符売りのことも、競輪場へ行く姉も、牧子は、知ってはいなかった。

伏見を出た後の、姉であった。

乃里夫以外の、姉の男関係は、牧子の口からも聞き出すことができなかった。

笛を吹く男も、戯曲を書く姉も、牧子は、知ってはいなかった。

姉は遠く、再び手のとどかない地点へ逃げ去ったように思われた。

しかし、そんな姉が逆にいかにも姉らしく、曙子には思えもするのだった。

姉はいつも、曙子には、どこかでわかりきれない存在だった。どんなにわかろうとしても、わかりきれない不明の部分を、姉は持っていたような気がする。

いくら近づいても、近づききれない闇が、姉のなかにはあった。

京都での姉は、まさにその闇のなかへ身を没し、逃げこんでいるように思われた。

曙子は、シーツに顔を埋めながら、寝返りを打った。たった一つ、

「山科」

という言葉を出したとき、牧子が見せた、なにか遠くを手探るような、あるいは透かし見でもするような、わずかの間の表情が、曙子には気になった。

「ええ、山科には、姚子さんと二、三度、行ったことおすえ。……なんやしらん、うちら会うてるときは、いっつも人目ばっかり気にしてましたさかい、伏見ではよけい落着かへんのどす。地元どっしゃろ。そやから、伏見から桃山、醍醐を抜けて、山科の方へ車で出たんどす……」

牧子は、そう言った。

「けど、いっつも道ばたに車とめてお喋りするか……走ってる車のなかで話すか、どっちかどすよって……車の外には、出たことないと思いますえ」

それだけでも、曙子には、収穫と言えば言えた。

とにかく姉を乗せた車が、山科盆地のなかを走っていたことにはまちがいないのだから。

そして、

伏見、桃山、醍醐と続く南東部の道が、北へのぼれば山科へ入るという地理も、曙子は頭のなかへおさめることができたのだった。

明日は、残る二つのバアと、二つのアパートを訪ねよう。まず、それをすませてから、そしてまた考えよう……。

曙子は、手帳を手に、そんなことを思いめぐらしながら、いつのまにか睡《ねむ》りに落ちた。

疲れていたのだ、と、曙子は、睡り落ちながら、自分でも、思った。

遠くに、木の音がした。

争い合う女の声が聞こえているようだった。

鎬《しのぎ》をけずる女達の声だった。

戯曲『大内御所花闇菱《おおうちごしょはなのやみびし》』は、第一幕、第二幕とすみ、この戯曲の一つの柱、大内家家老筆頭職にある陶隆房《すえたかふさ》の、義ゆえに叛逆の道へ落ちねばならない苦悶を描く正念場は、すでに幕をおろしていて、曙子の夢のなかに現われたのは、なぜかその次の幕、第三幕なのであった。

闘いあう女の修羅《しゆら》の気が、睡りに落ちた曙子の上になにかの呼応を見せるのか、夢のなかの曙子は、絶えずゆるやかに魘《うな》されつづけていた……。

暗黒の花道にポツンと一人琵琶師が立っていて、陶隆房の苦衷を弦に託していた。
琵琶歌　〽国に諫《いさ》むる臣あれば　その国安くまた家に　諫むる子あれば永世に　その家正しと
言うも徒《あだ》なり
われいまここに仆《たお》るれば　首《こうべ》は秋の野ざらしと　健気《けなげ》に耐えし武士《もののふ》の　心は千々に
打ちみだれ　君打たざれば大内の　末世はあれに見えたりけりと　囁く声こそおそ
ろしき……

琵琶師の姿が不意に消えると、第三幕第一場の幕は、するすると見るまに上がった。

第六章

幕が上がると、築山御所本殿広間である。

正面奥の戸障子はとり払われ、吹抜けにて豪美広大なる庭園が望まれる。夏簾《なつすだれ》は高く巻きあげてあり、激しい夏の光線がみなぎりたっている。廊下には、間を置いてあまたの風鈴吊されてあり、蟬の声。近くには、たけなわな能囃子。わけても一管の笛の音が群を抜く。

第一幕より一年後、天文二十年八月下旬某日の昼下りである。

下手より廊下伝いに侍女二人、小箱を捧げ持ちて出る。上手よりも同じ廊下を、侍女二人語らいつつ出てくる。

侍女一　『(汗を拭いつつ) おや、お前様方は、小太夫《こだゆう》殿のお能見物ではござりませなんだか』

侍女い　『はい、もうぼつぼつ護摩《ごま》堂のお灯明が切れる時分。終日明りを絶やすなと仰せつかっておりますれば……』

侍女ろ　『こうして朝から通いつめておりまする』

侍女二　『護摩堂と言えば、この日頃、お屋形様にはひねもす持仏堂にお籠りなされて……』

侍女い『はいなあ。相良様ご逐電なされてからは、また一段と繁々と……』

侍女ろ『相良様ご逐電が、よほどおこたえになったと見えまする……』

侍女一『なんでもご祈禱の合間合間に、声高に陶様をお呪いなさるお言葉が、外まで聞こえてまいりますとか……』

侍女二『そう言えば、陶様がご郷里富田《とんだ》へご蟄居なされて、はや一年がたちまするなあ……』

侍女い『早いもので、今年もまた、「風鈴おさめ」の日がやってまいりますものなあ……』

侍女二『それにしても、今年の夏のこの暑さは、身内を焔で焼きあぶらるるような……』

侍女一『日照り続きで、お池の水も打ち涸れて……』

侍女い『ご門前のあの松の大木さえ、一夜にして真赤に枯れあがり……』

侍女ろ『ほんに、この激しい暑熱は、ただごとではござりませぬなあ』

侍女一『ただごとでないと言えば、この日頃の山口の街なかは……』

侍女二『陶様ご謀叛の噂でもちっきり』

侍女い『店をたたみ、戸をおろし、引越し車の地響きの音が、夜なかでさえも引きもきらず……』

侍女ろ『それにつけても気にかかるは、相良様不意のご逐電……』

侍女一『ではやっぱり、陶様ご謀叛近しというお噂は、まことのことでござりましょうか……』
侍女二『エエ、もうそのようなおそろしいお話は、真っ平真っ平』
侍女い『アレ、あのように鼓の音がはずみまする……』
侍女一『呂雪様の笛の音の、なんとまあ凜々しいこと……われらも行って、小太夫殿の舞姿を……』
侍女ろ『あれは小太夫殿ではのうて、お屋形様自らが、「忠度《ただのり》」を舞うておいでてござりますのじゃ』
侍女二『アレマア、そんならなおのこと、早う早う……』
侍女達は、二手にわかれてとって入る。
能囃子一段と高くはずみ、
花道より、おさい、狂乱の態《てい》にて懐剣を打ち振り、かざし、声高に叫びながら登場する。益山以下、中臈《ちゆうろう》侍女達、これを打ちなだめんとするも近寄り難く、寄りつ離れつしながら追って出る。
そのしんがりより夏尾。やや間をおいて、冷然とこれらの態を見守りながら、登場する。
おさい『斬れ……斬れ斬れ……斬るのじゃ……あれなる者を、斬って捨てい』
女達は、口々におさいをなだめ、押しとどめ戻さんとするが、おさいはいよいよ猛《たけ》りつのっ

て、

おさい『放せ、エエ放さぬか……その方らにできぬなら、わらわが斬るっ……この手で斬って、目に物見せてくれようぞ……サア、退け……無用なとめだて、容赦はせぬぞ。エエ退け……』

おさいは、いったん押し戻されながらも、懐剣を振りまわし、女共の囲みを破って、もと来し方へとって返さんと走る。

その面前に、遮るごとくに立ちふさがる、しんがりの夏尾。

おさい『オオ夏尾。そなたはよもや、とめだてはいたすまいな。大友義鎮《よししげ》が使いと知って、このまま帰すてがあろうか。義鎮こそは、隆房が頼む謀叛の後楯。そうであろう。あわよくば、この大内の寝首を掻きて、和子《わこ》を斥《しりぞ》け、大友が弟・八郎晴英《はるひで》を屋形に迎えん腹づもり……。ほかならぬ、そなたが教えてくりゃったのじゃ。儀礼にことよせぬけぬけと、この大内が屋形内の様子うかがいにまいったに相違ない。殿のためにも、いやわが腹を痛めし和子のためにこそ、あの使いの者斬って捨てて、大内が威勢を思い知らせてくれるのじゃ。サア、そこ退きゃ。母が子を守らん一念のこの刃《やいば》、誰であろうととめだてはさせぬぞ』

おさいは、懐剣をかまえなおし、押し通らんとするを、夏尾は遮る。おさい、容赦せず突いて出るを、夏尾受けとめ、きっと見合う。

おさい『この大内。陶や大友ごとき手に……』
夏尾『(制して)あ、もし……』
おさい『エエ、なんで渡してなるものか。殿にご決断ないならば、わらわが一存にても、このこと、きっと仕遂げて見しょうぞっ』
おさい、再び振りほどき、激しく夏尾に斬ってかかる。夏尾は、大胆にこれをいなして立ち廻り、やがて、ハッシと懐剣を打ち落す。
すばやく夏尾は、その懐剣を床に置き、おさいの前に平伏する。
華麗な能囃子に乗った、女主従の立ち廻りである。
夏尾『(平伏して)畏《おそ》れながら……まずはお鎮まり下さりませ』
おさい『(激怒すさまじく)夏尾』
夏尾『さ、そのお怒りはごもっともなことながら、お心お鎮め遊ばして、お眼見ひらかれて下さりませ。なるほど、大友義鎮様ご舎弟の八郎晴英様は、お屋形様にとられましては叔父甥の仲。加えて、八郎晴英様は、介殿《すけどの》様ご誕生になるまでは、この大内のお家にとっては、いったんはご養子にまでお迎え遊ばされた訳あるお方。もし今、まこと隆房殿にご謀叛の心ありとせば、大友様を頼まれて、晴英様をいただかれるは、名分もたち、折りもよし、格好の旗標《はたじるし》であるには相違ございませぬ。これに相違はございませねど……が、しかし、それもこれも、みな隆房殿にご謀叛の心もしありとせば……（ある思いをこめて、夏尾は腹芸をみせるサワリである）もしありとせばのこと、サ、その上でのお話でござりまする……。昨年の秋とつぜんに、ご郷里富田の在へ引き籠られたまま、音沙汰ないとは申せども、隆房殿のお心が、今もって海のものとも山のものとも、見きわめつかぬこの時に、好んでわれより事を構えて、お味方ともならん大友様を、廻さずともよい敵に廻すは、火のないところに火を搔きたて、寝た子を起こす仕打ちも同然。（夏尾、手をつき）ここのところを聞きわけられて、何とぞ、何とぞ、お鎮まり遊ばしますよう……』

おさい　『エエ、そのようなこと、承知の上じゃ』

夏尾　『ご承知ならば、なおのこと。お屋形様をはじめ、御家中ご要職の面々にもみなそのお考えあってがための、本日のお能舞台がおあしらいかと存じまする。どうぞご得心なされて下さりませ』

おさい　『厭じゃ』

夏尾　『お方様』

おさい　『厭じゃ、厭じゃ。もうこのような思いをするは真っ平じゃ。息がつまる。（おさいは狂おしげに一同をかえりみて）なぜ言わぬ！　その方ら、なぜ大声あげて、口に出してわめき叫ばぬ！　益山。そなた、なぜ正直におそろしいとは言わぬ！　夕侍《ゆうじ》、そなたなぜ、もう辛抱できぬと、わめき散らさぬ！　みんなそうじゃ。この大内が屋形にある男も女《おなご》も、すべてそうじゃ。うわべは何ごとものうとり澄まし、笑いさざめき、舞囃子《まいばやし》に……能面かけて、心の奥を打ち隠し、平穏無事をつくろうても、その身の裏は針の筵《むしろ》じゃ。門前の松が一夜にして立ち枯れたと言うて怯え、光り物が一時に、鬨《とき》の声をつくりて屋形の空に消えたと言うては、おそれおののく。池の水が底をつき、風の声が押し寄せる大軍の轡《くつわ》の響に打ち変ったと言うて、息をのみ、疑い苛立つこの一日一日が、地獄の責め苦となぜ言わぬ！　かかる思いをしてこのわれらは、いったい何を待つと言うのか。隆房が謀叛の狼煙《のろし》打ちあげて、大内屋形へ押し寄せるを、ただ手をこまぬいて待てと言うか！　隆房が沈黙が、それほどにおそろしいか！』

夏尾『お方様。ご軽挙はなりませぬぞ』

おさい『エエ言うな。相良武任ほどの者さえ、お屋形を捨て、にわかに姿打ちくらますを、手をつかねて見過ごせと、そなたは言うか』

夏尾『相良武任殿ご出奔は、自らの所業におぼえのあるご卑怯なお振舞。かかるお家の禍の根も、もとはと言えば、武任殿お気のままに政《まつりごと》をなされたがためなるに、恥もあろうかその張本が、お家も責めも打ち捨ててご逐電なさるとは、口にするもいまわしい臆病非道の果てにござりまする』

おさい『言うな言うな。そなたの講釈、聞き厭《あ》きたわ。そなたとて、よも知らぬとは申すまいが。昨日今日と一段と、騒ぎを増せしあの山口の街なかの、かまびすしさ慌しさを、耳にせぬとは言うまいが。下賤《げせん》の百姓町人さえもが、ああして隆房叛逆を耳さとく予知するに、この大内が屋形には、人は無いのか！』

夏尾『畏れながらそのお言葉、お慎みのう聞こえまする。人の心を打ち迷わし、流言飛語に付和雷同し、乱れ騒ぐは下々《しもじも》の常』

おさい『エエ黙れ。隆房が謀叛の心は歴然じゃ。出仕を拒み、郷里へ引きあげ立て籠り、そればかりか、お家にとっては伝統ある大事の行事、氷上妙見修二月会《しゅにがつえ》の大頭役《だいとうやく》にも姿を見せず、これがお家歴代筆頭職の、職責を担う者の所行と思うか！（猛々しく顔ふりあげて）討てばよいのじゃ！』

おさいは、扇を胸より引き抜き、やにわに奥の廊下へ出で、軒の風鈴を叩き落す。

おさい『陶隆房を、討ってとればそれでよいのじゃ！』

一同は手がつけられず、呆気にとられて、その狂乱のさまを見守る。

おさい『手間ひまかけずとも、かの大友義鎮が使いの者を斬って捨て、われらがそのきっかけ、つくってくりょうと思うたのじゃ！　策ものう手ものう便々と、時を移せば、鼠は猫へ、猫は虎へ、見るまに育つは必定《ひつじょう》じゃ。たかが周防の守護代一人《いちにん》、なにほどのことがある。冷《れい》泉判官隆豊《ぜんほうがんたかとよ》がおろう。黒川近江隆像《おうみたかすえ》がおろう。岡部、天野、大田、禰宜《ねぎ》、いや、杉、内藤という立派な剛の守護代が、おるではないか。安芸には毛利とて控えておる。なにをためらうことがあろう。陶が大内に仕えし長の功労も、今となっては消えたも早や同然じゃ！』
夏尾『お言葉返すようにてはござりますれど、陶隆房殿、たやすう討って取れますならば、今と言わず去年の秋、今八幡祭礼のかの折りにこそ、討ち取られてでござりましょう。それができぬが、隆房殿のお怖いところ。たかが周防の守護代一人と、仰せではござりまするが、杉様、内藤様のお動きとて、油断のならぬ……（と、言いかけてのむ）』
おさい『控えぬか、夏尾。杉、内藤は、わが大内の親族じゃぞえ』
夏尾『さ、そのご親族の杉様、内藤様も、ご譜代の重臣にあればこそ、相良武任殿過分のお取立てへの、積年のお恨みはござりましょうが』
おさい『（息をつめ）夏尾。すりゃ、そなた……長門守護代、豊前守護代、杉、内藤までもが、謀叛の心ありと言うか』
夏尾『め、滅相な、なにもってそのようなこと、あってなるものでござりましょうか。あってならぬことなればこそ……』
おさい『エエ、おけい。堂々巡りじゃ、埒もない！』
おさいは、いったん座にすわるが、すぐに落着かなげに立ち上がり、にわかに夏尾へむかって口を開かんとし、それもやめ、苛立ちて歩きまわる。夏尾は、冷やかにそれを見守る。
おさい『(不意に立ちどまる) エエ、誰かある。築山のあの蟬を鳴きやませいっ。郎党どもを掻き集め、耳ざわりなあの蟬の声、ことごとく追い払え』
女達は、おろおろと進退に打ち迷う。
と、このとき、上手廊下より、最前の侍女二人、とり乱して走り出てくる。
侍女い『あれェ……』
侍女ろ『あれェ』
夏尾『(一声する) えい、はしたない。静まらぬか』
侍女二人、その場にひれ伏す。
おさい『なにごとじゃ』
侍女い『(打ち怯え) はい、あの……』
侍女ろ『護摩堂のお灯明が……』
夏尾『(平然と) お灯明がなんとしたのじゃ』
侍女い『はいあの……いくたび取り替えましても……』
侍女ろ『風もないのにことごとく、吹き消すように消えまする』
おさい『なに、お灯明が……』

一同の女達、おそろしげに首を竦める。

夏尾『さだめし、芯が湿気《しけ》ってでもおったのであろう。新しいお蠟燭《ろうそく》に取りかや』

侍女二人『ハア』

侍女二人急ぎ去る。

短い間。蟬の声、激しくする。

おさい、と、決然と裾を蹴り、花道へ向う。

夏尾は、驚きて、その前へ廻る。

夏尾『お待ちなされませ。いずれへおいで遊ばします』

おさい『知れたことじゃ。殿にご決断願うのじゃ。もうこのままでは、がまんがならぬ。（おさいは押し通ろうとする）』

夏尾『あ、しばらく。その儀は……』

おさい『とめだていたすな』

夏尾『いえ、そればっかりはなりませぬ。お客様方、いまだあれにて、おさがりではござりませぬぞ』

おさい『構わぬ』

夏尾『いいえ、なりませぬ。われら一同、只今の騒ぎにて、お能舞台のお席なかばに座を立ちましたるさえ物々しいに、この上ことを起こされては、大内の屋形内は、疑心暗鬼に打ち乱れ、人心は動揺し、家中は浮き足立ったると、自ら外へ吹聴するも同じこと。畏れながら、これしきのことをもって、天《あめ》が下覇《は》を唱《とな》えし大内も、一皮むけば内は火の車ぞと、さがない世間の口の端《は》にでも、のぼりましたら、いったいなんとなされまする。針を棒にも言い囃《はや》すが噂の常。ことは陶様お一人どころか、日本国中の虎狼《とらおおかみ》が、牙むかぬとも限りますまい。さあ、お方様。ここの道理をききわけられて、まずはあれへお鎮まり下さりませ』

おさいは、体を打ち震わせ、無念に耐える。

蟬の声、鳴きしきる。

と、花道より、大内義尊《よしたか》（七歳）走りながら出てくる。これを追って東御殿。上臈《じょうろう》晴野《はるの》以下侍女ら四、五人従いて出る。

義尊『東御殿。こっちじゃ、こっちじゃ……』

東御殿『ああそれ、そのようにお駈けり遊ばしましては……なんとまあ、介殿様にはお足のお速い……』

義尊は東御殿を振り返って待ち、再び走り出さんとして転倒する。

東御殿『あれ、介殿様……』

東御殿、走り寄って抱き起こさんとする。

おさい、鋭い声を放つ。
おさい　『それにはおよばぬ』
東御殿はハッと手をとめ、後退りて平伏する。
おさいは、急ぎ寄り、義尊の手をとらんとす。
義尊　『(その手をすり抜けて) いやじゃ、いやじゃ。母君には、お怖いお顔をしておいでじゃ。
東御殿、東御殿……』
義尊、東御殿へ走り寄り、すがりつく。
東御殿は抱きとめるが、困惑の態にてその手をおき、更に退りて、平伏する。
短い間。
おさい　『ようお手なずけなされた……』
東御殿　『いえ、あの……』
おさい　『和子には、くれぐれもお構いなきよう、申しあげておきましたな』
東御殿　『はい、それはもう……』
おさい　『わきまえた上でのお振舞じゃと言われるか……』
東御殿　『いえ、そのような……』
おさい　『オオ、そうか。大内三十二代が当主として、いずれは世に立つ介殿を、性懲りものう猫可愛がりにお構いなさるは、ほかになにか……深いお心づもりのあって……』

東御殿『滅相な……』

おさい『殿お一人であきたらず、介殿まで、その可愛気な手で籠絡《ろうらく》なさるか……ハテ、あどけないそのお顔でなあ……』

東御殿『(無念げに顔をあげ)御本殿様《ごほんでん》』

おさい、やり場のない忿懣《ふんまん》が一時に堰《せき》を切ったるごとく、とつぜん、手の扇を東御殿めがけて投げおろす。荒々しいしぐさである。

おさい『エイ下がれ、下がれ。下がれ。その顔、二度と見とうない!』

おさいは、座を蹴って上手へ去る。

益山、義尊を擁し、女達もこれに従いてにわかに去る。

後に、夏尾。

東御殿と、その従者達が残る。

東御殿は、泣き伏したるまま顔をあげない。

騒がしい蟬の声。間。

夏尾『(言葉しずかに)北のお方様には、お気荒立ちて、取り乱されてでござりますれば、ご本心にはあるまじく、お気遣いなされませぬよう……』

東御殿、涙を拭いて顔をあげる。と、その額に、一条の朱の血痕。
上﨟晴野、アッと驚く。
晴野『ヤヤ、そのお顔のお傷は……』
夏尾も見て驚く。
東御殿は懐紙に受けて、はじめてそれと知り色を失う。侍女達、駈け寄りて泣く。
晴野は、決然と立ち上がる。
東御殿『こりゃ晴野、なんとする』
晴野『もうがまんがなりませぬ。いかに御本殿様とは申せ、権《ごん》中納言兼秀《かねひで》様が御息女の眉間《みけん》を割って、そればかりか、ご気性優しいお人柄をよいことに、言いたい放題の悪口雑言。このままでは、東御殿様おそばを守るこの晴野の面目がたちませぬ』
東御殿『晴野、待ちゃ』
晴野『もうこの上のおとめだて、なされまするな。ご辛抱もことにより、筋通さねば大義にそむき、人の道をも踏みはずし、生きるに生きてゆけぬこととてござりまする。晴野が命にかけてでも、この決着はつけまする』
東御殿『ええ、待ちゃと言うに』
東御殿は、しっかりと、晴野の裲襠《かいどり》の裾をおさえる。

東御殿『そなたの心は嬉しいが、常の場合とちがいます。お屋形の内も外も、目には見えねど殺気立ち、なにやら今にも、異変の起こらん兆《きざし》もしきり……。ご家中ご輩下には、すぐれて屈強の方々がお揃いなれば、まさかのこともありますまいが……軍事《いくさごと》を好まれぬお屋形様がご心中をお察しすれば、なにひとつお手助けできぬこの身の内が、はり裂けん思いに痛みます。のう晴野。大事の時じゃ。たとえわらわが命に関ることであっても、今この時に、わらわがことで、お屋形様のお心を煩わしてはなりませぬ。なりませぬぞ』

晴野『（くずおれる）お方様……』

女達も、泣く。

夏尾『（しずかに）晴野殿。お傷の手当てが、一番でござりましょう』

晴野は気づきて、泪《なみだ》を拭い、会釈して、東御殿を介抱しつつ、一同下の方へ去る。

舞台には、夏尾一人が残る。

短い間。

夏尾、しずかに立ち上がる。ふと、おさいの投げた扇に気づき、歩み寄って拾い上げる。

瞬時、見入る。

やがて、激しくこれを打ち裂き、正面廊下の柱へ吊す。裂かれし扇は、ひらひらと揺れる。

夏尾は、事もなげにゆっくりと上手へ去る。

蟬の声のみ残る。間。

と、笛、起こる。

花道より、修羅物『忠度』の扮装にて、中将の面着けたる大内義隆、作中の修羅の苦しみと妄執を、そのままひきずったる態で、登場する。

やがて、近習家臣達の、義隆を呼ぶ声がする。

義隆は、立ちどまらず、黙したるまま、上手へ去る。

一管の笛も、やや遠のくが、遠のくかと思えば近づきて、舞台の宙にからみつく。

花道より、冷泉大夫判官隆豊《れいぜんたゆうほうがんたかとよ》以下、黒川近江《おうみ》、岡部右衛門尉《えもんのじょう》、大田隠岐《おき》、岡屋左衛門尉《さえもんのじょう》、青景越後《あおかげえちご》ら。その後より近習、清《きよ》ノ清四郎《せいしろう》、同じく安富源内《やすとみげんない》——二人共に義隆《よしたか》の美童《びどう》なり——、義隆を探しつつ出る。

黒川『まずはともかく、無事にて使者《つかい》は帰したが、さて、殿には「忠度」の装束もお脱ぎにならず、いずれへお渡りなされたか……』

清四郎『われらは、奥を見て参りまする』

源内『しからば、手前は、表の方を』

両人、上下へ分かれて駈けこむ。

大田『判官殿。お手前は、本日の大友が使者、何とご覧なされたな』

冷泉　『（口重く）左様。大友義鎮殿家督相続につきご報告、とまあ、表向き挨拶の筋道だけは通ってござりは致すがの……（判官は沈黙して思いに沈む）……あの書状が、何としてもまずうござった……』
岡部　『書状と申されるは……』
黒川　『われら極力おとめ申しはしたのじゃが、殿には先般内々にて、大友義鎮殿へ御親書おつかわしになり、陶に逆心あるによって、誅殺すると……援助の軍を頼まれたのじゃ』
岡部　『何。援助の軍。それでは大内、内憂の弱体を、みすみす外へ喧伝なさるも同然ではござらぬか。お手前ら、それを黙って見過ごされたのか』
黒川　『いや、お聞き入れにならぬのじゃ』
岡屋　『（嘆息して）殿のお弱気も、困ったものじゃ』
冷泉　『お弱気とだけでは、相済まされぬ。御当家とは縁続きとは申せ、大友は豊後の守護職。安芸の毛利などとはことかわりて、肥後筑後豊前を擁せし、いわば一国一城の主。わが大内とは、九州攻略の折りにもたびたびの戦火を交えし、侮りがたき強の者。その大友へ、軽々しゅう手の内を空けて通すがごときお振舞を許したは、なんとしてもわれらが落度。……とり返しのつかぬことにならねばよいが……』
大田　『では、やはり判官殿にも、あの使者、訳ありと睨まれたか』

冷泉『……書状の一件、気振りにさえ見せずに帰ったのが、何としても心に掛かる……』
黒川『陶方とて謀叛となれば、名目に晴英殿をかつぎ出すは必定じゃ。すれば、陶よりも大友へ、救援を頼む手が廻っているは必至のこと』
冷泉『……左様。まず、あるとみねばならぬであろうな……』
岡屋『では、本日当方へ、一言も書状の返事のなかったは……』
一同、短く沈黙する。
冷泉『吉とするか……凶と見るか……』
岡部『陶、大友が……もしや手を握るという事態にでも相なったれば……』
大田『いやそれよりも、家中の杉殿、内藤殿の不穏の動きを、制することこそ、ことは先決』
黒川『左様。かくなれば、杉、内藤両家老家が陶方への寝返りを、何としても、殿にご納得願わねばならぬ』
冷泉『(呟くごとく)おそらくは、無駄でござろう』
黒川『隆豊殿』
冷泉『隆房殿謀叛でさえ、つい先頃までご決断に迷われて、空しう今日が日を迎えられた殿じゃ。この上、お膝元御譜代の重臣杉、内藤にまで逆心ありと……どうしてお信じになられよう。いや、それを信じ、確かめ知ることこそが、殿には何よりもお怖いのじゃ。先に陶、続いて相原、そして今また、杉、内藤……寵をかけられ、深く頼みし人々が、矢つぎ早に離反して行く……その離れ背いて行く人の心が……頼みがたきその人の心を、まのあたりにお見つめにならねばならぬことこそが、何をおいても殿には耐え難くお怖いのじゃ』

大田『判官殿……』

冷泉『おそらくは、大内三十一代が御当主義隆卿、この大内御所を、謀叛の巷《ちまた》に打ちさらすまで、それをお信じにはなられまい……』

一同、言葉もなく凝然と対《むか》い合う。間。

稲光り。つづいて、遠くに雷鳴。

舞台にわかに薄暗くなる。

と、『忠度』の扮装したる大内義隆、上手奥の廊下より徐《しず》かに現われる。

冷泉『（おどろきて）殿』

一同もおどろき、手をつく。

義隆、無言のまま、中央の柱へ歩み寄り、破れしおさいの扇を手にとりて、じっと見入る。

雷鳴、激しく起こる。

と、義隆、にわかに面をむしりとる。

面の下より、生霊の万里小路貞子《までのこうじさだこ》の顔が現出する。一同、愕然《がくぜん》とする。

鋭き稲妻。

笛。吹きに吹き、荒れに荒れる。

冷泉『御正室様ッ……』

黒川『北のお方様……』

稲妻。

貞子は、ゆっくりと打ち笑む。やがて、心持よげな哄笑と変る。と、貞子は、荒々しくおさいの扇を口にくわえ、宙を舞うごとく花道へ走りこむ。

雷鳴がしきりに聞こえている。

呆然たる一同、われに返り、その後を追わんとするところへ、両手より清ノ清四郎、安富源内、抜刀して走り出てくる。

清四郎『殿のお姿借りたる貞子の方様が生霊、只今御本殿のお屋形へ……』

源内『東御殿御館《おやかた》へも、立ち現われましたげにござりまする！』

一同は、縦横に立ち乱れ、貞子の去りし方を追いて入る。後に、冷泉判官隆豊《れいぜんほうがんたかとよ》、青景越後《あおかげえちご》
隆著《たかつぐ》の二人残る。

庭に、沛然《はいぜん》たる驟雨《しゅうう》。

冷泉『(貞子の去りし方を見守りつつ)御正室様にもまた……修羅に迷うておいでであったか

……（青景を振り返り）越後殿。奥の騒ぎを頼みましたぞ』
青景　『心得てござる』
　隆豊も一同の後を追う。
　雷鳴。舞台さらに薄暗くなり、雨脚は激しさを増す。
　と、夏尾。上手より音もなく登場する。
青景　『（見返って）おお、夏尾殿か』
夏尾　『（花道の方へ眼を放ったまま）見られたか、青景殿』
青景　『いかにも。（花道を見つつ）……お嬉しそうなお顔でござった……』
夏尾　『（いぜんとして花道を眺めつつ）御身《おんみ》は遠く京の都にありながら、妄執晴れぬお心だけが、野越え山越えはるばると、この大内が屋形を彷徨《さまよ》い、去りがたなげに、あのように……（泪にくれる）……長の年月、さぞご無念にござりましたろう……それを思えば、おさいが今の苦しみは、因果応報……』
青景　『ではやはり夏尾殿には……』
夏尾　『本日の大友が使者は、われにとっては、待ちに待ったる好機到来。おさいに斬らせて、大内自滅を早めるも、なるほど手だてにはあったれど、さ、それをさせぬが……なおよい手だて。いずれは滅ぶこの大内。滅ぶきわまで、塗炭《とたん》の苦しみ打ち舐めさしょうと、にわかに腹を変えましたのじゃ……』
青景『やはり、左様でござったか』
夏尾『斬ると言うてはやり立つを、そのまま斬らすてはあるまいと、焦《じ》らしに焦らし、嬲《なぶ》ってのけてみせました……』
青景は左右を見返り、一足近寄る。
青景『およろこびなされ、夏尾殿。陶隆房殿、いよいよ明後日』
夏尾『（駭《おどろ》きて）なんとっ……』
青景『（さらに寄り）先般、義隆卿、大友義鎮殿へつかわされたご親書が、残らず大友自らの手で、隆房殿のもとに廻され、書中歴然としたためられし陶誅伐の二つの文字が、迷いに迷いし隆房殿のお心を、踏みきらせてでござりまする』
夏尾は、打ちのけ反りて喘《あえ》ぐ。
夏尾『すりゃあの……隆房殿には、とうとうご決心……なされましたかっ……』
青景『お前様が長のご苦労、報われる日がまいってござる』
夏尾『そんなら、あの……（絶句して）とうとうその日が……まいりましたか！』
青景『長の間、目には見えねど心を砕き、手をつくし品をかえ、隆房殿のお心を、今日がこの日にまで追いつめんと、ただ一心、仕掛けに仕掛け、待ちに待たれたお前様のご苦心が、ほどなくその実を結びまする』

夏尾　『（狂喜して）おおそれではまちがいもなく、大願成就の日がきましたか。やれ嬉しやな、かたじけなや。今日か明日かと、消え行く日々が、隆房殿のお心と、鎬《しのぎ》をけずる思いの闘い……こうすれば決心なさるか、ああすれば堪忍袋の緒を切って下されるかと……この身は外道に追い落しても、家中を乱し、離反を計り、うまうまと相良武任もあやつりて……さ、それもこれもみなただ一筋、この日のために……（嬉し泣きにむせぶ）……この日を、どれほど待ったるか……』

青景　『かなわぬまでもお手助け、昨日は相良、今日は陶と……あちらに廻り、こちらに跳《と》んで、うち過ごせし辛抱も、相良武任逐電と聞きし折りには、早や水の泡かと案じたが、待てば海路の甲斐ある日和《ひより》』

夏尾　『巷《ちまた》に流し打ちひろめし、謀叛を煽る誘いの噂も、これでようやく真実《まこと》の騒ぎか……』

青景　『思えば長いこの年月、隆房殿のお心へ、よう立ち向うてこられましたな』

夏尾　『二つながらに心の内は、右と左へちがえども……行きつく先は、謀叛の闇路……』

このとき、上手物陰より、上臈益山おどり出て、鋭く夏尾へ斬ってかかる。

益山　『おのれ、夏尾、裏切ったな……』

夏尾はかわして、いなすところを、青景《あおかげ》、一刀にて斬り捨てる。

稲妻。

青景『では、夏尾殿』

夏尾『青景殿には早や行かれるか……』

青景『これが今生《こんじょう》の……お別れでござる』

夏尾『天にも地にもただ一人、この夏尾が非道の道連れを、手を汚すもいといもなさらず、よう勤めて下さりました。お礼を言います……』

両人は、瞬時見つめ合う。

青景『おさらばでござる』

夏尾『青景殿』

青景、花道へ駈けこむ。

夏尾は、いつまでも立ちて見送る。やがて、その顔面に、凄まじい喜悦の表情がさしのぼる。

芳沢蘭右衛門の大見得である。

夏尾『勝った。隆房殿に……この身が、勝った……』

猛然たる驟雨、蛇鱗のごとく舞台いちめんに反映して……遠く近く、雷鳴は絶えない。

一管の笛は、暴れ狂っている。

舞台は、急激に暗転する。

……ブラインドをあげたまま、曙子は睡っていた。朝の光線が部屋中にみちていた。

曙子は、夜通し、笛の音に翻弄され、醒めぎわにまた、笛は闇のなかを泳ぎ寄ってきて、曙子を睡りの深みに引き戻そうとでもするかのように戯れかかった。が、鋭い鞭や剣のように曙子を打ち、刺し貫くその音息のきっ先が、彼女を不意に眼醒めさせた。

曙子は、組んづほぐれつして姉と争っている夢を見ていたような気がしたが、頭のなかに残っているのは、金襴《きんらん》の裲襠《かいどり》をひるがえす女達や時代衣装を着けた男達の顔ばかりであった。

雨がふり雷鳴にとり囲まれていたと思われるのに、屋外は晴れあがっていた。朝の光には、キラキラとした硝子粉のような炎暑の先ぶれがもう耀《かがよ》いはじめていた。

その日曙子は、白梅町と東蔦町にある二つのアパートと、夜に入って円町と新橋通りの二つのバアとを廻った。

白梅町に住んでいた頃が、姉の三つの高級クラブを転々とした時期であり、東蔦町に移って、新橋通りのバアから円町へと勤めをかえた模様であった。この後、伏見へ移ったらしかった。

曙子が求めているような収穫は、ほとんど得られなかった。どこでも、姉はごく平凡な、出会った人間達に言わせれば「まじめな」、波風のない生活を送っている。男関係といえば、乃里夫以外の名はあがらなかった。

曙子は、どこかで乃里夫に会うかもしれないとは思った。しかし、それも仕方のないことだった。のんびりと旅をしに出掛けてきたわけではないのだから。することだけはやっておかなければならなかった。

ふしぎに、乃里夫とは鉢合せしなかった。

東蔦町のアパートで、しかし曙子の昂奮を誘うようなちょっとした出来事が、なくもなかった。

京都大学の文学部の校舎が見えるそのアパートの持主の家は、アパートから少し離れたところにあった。品のいい老夫婦が二人きりで住んでいた。

「ウチは学生はんがほとんどですねやよって、ほんまはお断わりしとおしたんやけどな」と、婦人の方が言った。「山崎の牧子はんが仲に入っといやしたさかい、まあ、そんならいうことになったんどす」

山崎の牧子というのは、『ブラック・ドガ』の牧子のことである。牧子からもその話は聞いていた。この老夫婦が親戚に当るということだった。

「物静かなお人でな、わたしらにもよう気ィ使うてくれはって……お勤めが遅うおっしゃろに、毎朝キチンと早うにここへも顔出してな、お洗濯やら買物やら、みんなやってくれはるのどす。まあほんまに、厭味のない、ええお人どした……」

姉は、結局三か月いて、このアパートを出たという。

「わたしらも、娘ができたような気ィになってましたんで……びっくりしたんどすねやけど……すみませんて、泣いといやすのんどす。まあ、いろんな事情もあるのやろうて……元気におしや言うて別れたんどす」

曙子はこのアパートを立ち去る間ぎわに、その風鈴を見た。

塀の奥の縁の軒に掛かっていた。『早蕨』の門屋にあった装飾を凝らした典雅な風鈴とは比べものにならなかったが、緑青色の小さな陶製の風鈴だった。

「ああ、あれどすか」と、婦人は、やさしい目の色になって、玄関口からその軒を見あげた。

「まあ、よう気ィつかはりましたな。あれ、そうどすねや。お出やすときに、綾野はんが置いていっとくれやしたんどす」

「姉が……」

「へえ。お部屋の方にな、吊っといやしたんどすけど、記念にもろうとくれやすか言うて……あすこに掛けていっとくれやしたんどす。毎年、聞かせてもろうてますわ」

「ずっと……部屋に掛けてましたんでしょうか」

「いや、陶器市で買うた言うてはりましたなあ」

「陶器市……?」

「へえ。ウチ出なさったのが、八月の終りやったさかい……一月足らずどっしゃろなあ、お部屋にかけてはったの」

「その、陶器市って申しますのは……?」

「ああ、陶器市ね。八月のな、五日頃から四、五日おすのやけど……毎年夏になると、五条坂の道の両側にな、ズラァッと陶器の市が立ちますのや。お祭どすねやわ。全国からな、焼物持って、お商売人集まりますのっせ。テントの小屋掛けますのん。そら楽しおっせ。見て歩くだけでもな」

「京都のお商売人も、お出しになるんですか?」

「へえ。出しはりまっせ。わたしらもな、毎年お茶碗、市で買うて、新しのんと取りかえますのや」

「そうですか……」

陶器市と言えば、誰にでも風鈴は買えるであろう。姉が部屋に風鈴を吊っていたとしても、ふしぎではない。しかしこれは、単なる偶然なのだろうか、と、そのとき曙子は、緊張した。

「どこの焼物なんでしょうか……」

「さあ、どこどっしゃろな……わたしらも、そこまでは詳しゅうおへんのどっせ。けどまあ、見とおみやす……ひなびた可愛い風鈴どすやおへんの」

曙子にも陶器の知識はなかったが、それは低い音をたてる艶のない肌や色の感じが、『早蕨』の風鈴によく似ていた。

その夜、帰りがけに河原町へ出て、お茶を喫んだ。喉が渇いていて、金色の光の環を溶いたようにときどき液面を耀かせる熱い紅茶は、美味しかった。

華麗な液体の溶く光が、ふと牧子を想い出させた。時間は九時前だった。

電話を借りて、『ブラック・ドガ』のダイヤルを廻した。

「風鈴？」

と、牧子は、一瞬息を継いでたずね返した。けげんそうな、しかし微妙なおどろきのこもった声であった。

「そうどす。風鈴どすねやわ」と、牧子は言った。「それやったんどすねやわ」

そして、あたりに気を使ってくれたのであろう。急に声を低めて、

「いや、うちもね……山科言わはりましたやろ……どっかで聞いた、なにかあったと思うたんどす……あのひとの身のまわりでね、なにか山科いう言葉を聞いた、なにやったかいな思いましてん……ゆうべもずっとそれ考えてたんどす……そうどすがな。風鈴どすがな……」

曙子は、東蔦町のアパートの部屋の風鈴のことをたずねたのだが、牧子は、意外なことを言った。

「それどす。伏見の部屋におしたんどすわ」

「伏見の？」

「そうどす。いっぺん上がって話しこんだことがおすねや。窓に吊っておしたえ。確か、山科の風鈴やて、言わはりましたえ……」

曙子は、昨夜牧子が見せた、なにか遠くを追うような、透かし見るようなかすかな表情を思い出した。

「ほかに……なにかその風鈴のことでお聞きになってません？」

「いや、それだけどすのやけど……」

牧子は、気の毒そうに「かんにんどっせ」と言った。

「それ、大切はことやったんどすか？」

「いえ、いいんです。すみません、お邪魔しまして……」

「そんなこと言わんといとくれやす。うち、お帰りになりますまでに、いっぺん、お宿の方へうかがいますさかい……」

「ありがとうございます。でも、どうぞご心配にならないで……」

曙子は、受話器を置いた後、しばらくぼんやりと立っていた。

伏見のアパートにも、風鈴はあった。やはり陶器市で買ったのだろうか……。

しかしとにかく、これで、姉の生活のなかに、『山科』という文字が書きこめる、と、曙子は思った。

一筋の幻の道が、また眼前に蘇った。手に風鈴をさげている姉の姿が、今、はっきりとその道の上に立っていた。


ホテルに帰ると、フロントにメッセージが置いてあった。東京の劇団事務所からのものであった。電話を受け付けた時刻が、午後六時となっていた。

——すぐ折り返し帰京されたし。電話連絡待つ。と、あった。

九時半を過ぎていたが、曙子は電話を入れた。緊急な事態だった。

北海道公演に出ている組の女優が、盲腸炎を起こしたというのだ。その女優の演じている役を、曙子は、秋からの関西巡業で受け持つことになっていた。この公演は、主役クラスだけを残して、関東北海道巡業組と、関西九州組との配役が入れ替るシステムをとっていた。痛みを散らして舞台には出ているが、危いと言うのである。勿論、脇の役であったが、公演に余分な人数は組まれていない。代りのできるのは、曙子しかいなかった。

明朝の航空便は手配ずみだから、直接大阪から札幌《さっぽろ》へ飛んでくれというのであった。

電話を切った後、すぐにまたベルが鳴った。

「やあ」と、言う乃里夫の、明るい声が流れこんできた。

「ひどいな、君も」と、彼は、言った。「尾《つ》けるつもりはなかったけど……こうでもしなきゃ、またまかれるさかいな。昨日は、電話帳と首っぴきだぜ。ホテルや旅館、何軒当ったかしれへんで」

曙子は「すみません」と、言った。自分は乃里夫に、もしかしたらひどい仕打ちを返しているのかもしれない、と思った。純粋に、明るい声であった。しかし、その明るさが、やはり自分には無縁なものだと思われた。

明日の朝にでも電話をしてくれるようにと言って、受話器を置いた。

明朝、曙子は、六時前にホテルを出た。

大阪発午前七時、全日空十四便のボーイング七二七機は、東京で八時二十五分、五十三便のトライスターに乗り継いで、札幌へは九時五十分に着く。

その日、大阪空港の上空は快晴だった。

とびたつ前、曙子は一度、さわやかなレモン色のシャツをちらっと、想い出した。

『さよなら』

フロントのメッセージが、そう伝えてくれるだろう。

天空は、光の野であった。空の上が、なぜだか燦爛たる光のおいしげる草原に思えた。進むにはその野しかない、渡るにはそのしげみに踏みこむしかない、とつぜんの深い草原のように。

（姉が、また遠くへ逃げた）と、曙子は思った。

雷鳴などさがせない空であった。

第二部　冬

第一章

窯は煙を吐いていた。

檜と杉の小径をおりるとき、山椿の木が四、五本あった。暗緑の樹間にひそむ鮮紅色がにわかに眼にとびこんできて、曙子は、ある見えない襲撃感に足を竦《すく》めた。おそいかかるような蠱《こ》惑《わく》の彩色だった。夏には気づかなかった風景でもあった。

この小径をおりる日のことを、曙子は、幾度想い描いただろう。夢のなかでは、すでに何度もおりた小径であった。

盲腸炎で代役をたてた女優は、信じられないことだったが、曙子に役を渡した日に、死亡した。引き続き秋の巡業もこなす羽目となり、筆の仕事も本数がふえたりして、京都はすぐ一飛《ひと》《と》びの地にありながら、年を越すことになった。

その間、牧子から二通ばかり、乃里夫からは何通もの葉書きや手紙が舞いこんだ。乃里夫の文字は、読みもせず封も切らずに、曙子は焼いた。

牧子は、結局三度ばかり、伏見を廻ってくれたそうである。

――（略）あなたさまがお廻りになるよりも、わたくしが当ります方が、万事手っ取り早いかと存じまして、出過ぎたまねかとも存じましたが、お話うかがい、ただただ驚きまして、これはわたくしがしなければならないつとめだとさえ思われまして、伏見在住中の姚子さまを存じよりの向き、でき得る限り手を尽して、探しております……（略）

と、最初の手紙には書かれていた。

――（略）亡きおひとの、ひそかにお暮らしの跡、ひとつひとつ掘り起こしせんさくいたしますこと、なにがわかりましても、わかりませいでも、胸がいたみ、本意ないことではございますけれども、あなたさまのお気持を思いますとき、気をとりなおし、姚子さまには心でお詫びを申し上げながら、あちこちと歩いております……（略）

早速でございますが、おしらせ申し上げます。あなた様が、男のかたのこと、お気になさっておられたような気がいたしましたので、わたしもその方面心がけておりましたところ、これは、中書島のお酒屋さんと、お魚屋さんで思い出していただいたお話でございますが、姚子さまが、とき折り、日本酒をお買いになっておられたこと、お魚屋さんでは、お刺身をお求めになっていたことがわかりました……（略）

ご存じとも思いますが、姚子さま、日本酒は召し上がれなかったのではないかと、わたくしは記憶いたしております。もちろん、お料理の調味にお使いだったかとも存じますけれども、お酒屋さんの申しますには、いずれも地酒の特級酒でございましたとか。そのまま、お伝えいたします。また、お刺身も、姚子さまは確か、お口になさらなかったのではないかと存じます。

いかがでございましょうか。

でもでも、人の好みは、一夕にかわることもございます。まして女には、そのような時期もままあることかとも存じます。わたくしの知り合いにも、お下《しも》が整わなかったりいたしますときなど、急に生のお肉を食べたくなったりして、自分でもびっくりするとおっしゃるかたもございます。どうぞどうぞ、ご賢察のほど、お願い申しあげます。（略）

念のために書き添えますが、男のかたとご一緒だったり、連れだっておられたりなさったところを、見たひとは誰もおりません。また、そんなお話はどこからも出てまいりません。姚子さまほどのおかたに、殿方がいらしてもちっともふしぎではございませんのに……。

（略）

ただいま、同じアパートに住んでいらしたかたを探しております。姚子さまがおつとめになっていたお店の女性と、バーテンダー、それに、同志社の学生さんが一人おられたそうですが、ご存じのように火事の後、散られて、はっきりはいたしません。お店の女性が、伏見にまだいらっしゃるのではないかと思われますので、極力手を尽しております。

なお同志社の学生さんはお名前がわかりましたので、ただいま、学校の方に問い合わせて

ございます。（略）

笛のこと、伏見を離れられてからのこと、映画館でのおつとめのこと、皆目、手にあまる始末でございます。

さて、最後に、風鈴のことでございますが、あなたさまになにかお心当りのございますようなご様子、わたくしが余計なことをいたしましてもと、おうかがいをたてるわけでございます。山科に、風鈴を焼く窯がございますそうな。もし、わたくしでお役にたつことがございましたら、どうぞお申しつけ下さいますよう……お返事お待ち申し上げております。

くれぐれも、お力お落しになりませんように。姚子さまのご冥福を祈っております。（略）

第二便は、二か月後の、年末に届いた。

同じアパートにいた女性の消息がつかめぬこと。山科行きは、曙子の指示にしたがってさし控えること。同志社大の学生は、苗字だけで調査が不能なこと。などが記されていて、そのあとに、

――（略）皮肉なことでございますが、わからないと思ったバーテンダーの行先をご存じのかたが、ホステスさんのバアを当っておりますとき、偶然いらして、京都の寺町にいらっしゃるとおっしゃるので、昨日、会ってまいりました。これも粉飾をまじえず、ご当人がおっしゃったことを、そのままお伝えすることにいたします。

姚子さまのアパートのお部屋には、そのかたが知る限りでは、男のかたが見えたことはないそうでございます。お酒やお刺身は、たぶんマスターの買物だろうとおっしゃいました。そう言えば、わたくしもうかがったことがございます。確か、マスターが独身だからいろいろと気を使うのよ、と、姚子さまはおっしゃいました。

「お刺身なんか、僕もなんべんも頼んだよ」て、そのバーテンさんは苦笑なさいました。

「あのひとは家庭的なひとやったさかいな」て。

ですから、この件は、わたくしの勇み足でございました。どうぞどうぞお赦しを。

曙子さま。お驚きになりませんように。そのバーテンさんは、けれどもこう申しましたのよ。

「あのひとの彼氏、おれ、見たよ」て。夏の夜ふけだったそうでございますが、「変電所の土手で、殴られてはった」と言うのでございます。

中書島の先に、関西電力の伏見変電所がございます。蘆《あし》や枯れ芒《すすき》におおわれた、小さな沼などもあちこちにある、ひろびろとした宇治川の土手なのでございます。

その原っぱで、姚子さまは、とてもひどい乱暴をお受けになっていたそうなのです。それは淋しい、人気《ひとけ》のないところでございます。

「おれ、涼みに出てたんやけどな、人がもつれ合うてるんで、喧嘩かいな思うたんや。近寄ったら、男と女やろ。それで痴漢かなて気がしたさかい、とび出そうとした矢先やった。『かんにんして。ゆるして』って、女が叫んだんや。その声で、あのひとやとわかったんやけどな……どうも様子がちがうんやな。男の方は、殴るだけ殴ったら、あのひと置いて、さっさと行てまいよるのや。その男に抱きついたんは、あのひとの方やったんやで。あとは、もうおれの出る幕やないさかい、帰ってきたけどな……」

バーテンさんは、そういうふうにおっしゃいました。

そして曙子さま、山科のホテルでも、バーテンさんは、姚子さまを見たと言うのです。男のかたの後姿も、はっきりおぼえているそうです。それは冬だったそうでございますが、黒い丸首のセーターに茶色の変りジャケッツを着た、ガッシリした体つきのかたで、

「プロポーション、イカしてたよ」

と、話してくれました。(略)

牧子は、また春にパリへ行く話があるのだが、姚子のことが気になって、先へのばそうかと思っている、と、その手紙を結んでいた……。

京都市中には雪はなかったが、音羽山の支峰牛尾山の麓にあたるこの辺りは、木立の根や畠の畦《あぜ》に、雪盛りがあちこちで残っていた。

オーバーコートの襟をたてても、冷えは幻の手のように、素肌の奥までしのび入ってきた。

曙子は、小径をおりきったところで、火炎を見た。

炎は、二連の上り窯の上の袋の投木口から、とき折り風にあおられて、白光の舌を出した。

赤くなく、白く光って透きとおり、魔魅《まみ》の舌先を想い出させた。

その投木の焚口《たきぐち》で、男は、ひっきりなしに薪木《たきぎ》を投げこんでいた。

黒い丸首のセーターに、膝も太腿も臀部《でんぶ》もすっかり色の脱けおちたブルージーンズをはき、灰色の毛糸で編んだ帽子を顎まですっぽりかぶった男であった。

曙子は、雪の草径を歩み寄りながら、がっしがっしと薪をつかむ太い木綿の穴だらけの手袋を見つめていた。というよりも、その手袋のためらいのない強靭な動きから、眼がはなれなかったと言うべきかもしれなかったが。

トタン屋根の上を、山鳥が啼いてよぎった。火の動きを伝える音が、足裏でかすかな地霊の低い唸りを思わせた。

ふと、男は振り返った。

しかし、体は動いていた。

眼だけが、雪帽子か登山帽のような荒編みの毛糸のなかから、曙子の上へながれてきた。それは、ながれてきたという感じがする、どこか超然とした光があったが、まっすぐな澄んだ視線だった。

そして、すぐに、また窯の方へ戻っていった視線でもあった。

若い、端正な瞳《め》であった。

このとき曙子は、なにか形のないものに摑まったという気がした。男と曙子との間の虚空に、その形のないものは束の間現われ、曙子の心を奪って消えた。そんな放心感が、曙子にはあった。

心を奪われたという感じがしたのは、山里の深い静謐《せいひつ》な気のせいであったかもしれない。静けさに、不意に精気のこもる冬の山里であったから。

曙子は、窯の火照りから少し身を遠ざけるようにして、男のそばへ歩み寄った。男の前の方へ廻りながら、

「あのう……」

と、声をかけた。

男はやはり動きながら、手はとめずに、瞳だけで曙子を見た。

眼のふちは汗みどろの顔であった。

「……風鈴を焼いていらっしゃると聞いてまいった者ですが……こちらで、わけていただけますんでしょうか……」

男は、返事をしなかった。

聞こえなかったのかと曙子は思った。炎の音が鳴っていた。曙子は、もう一度同じ言葉を、声を大きくして繰り返した。

男は、間断なく薪木を放りこんでは、少し足場の斜面をのぼって、窯袋の上肩にある見込み穴からなかを覗き、また焚口に戻っては松材を投げ入れた。

まるで曙子を黙殺しきった態度であった。しかしそれは、見ていて決して不愉快な眺めではなかった。清冽《せいれつ》な滝に打たれて水しぶきをあげている若者の体を、曙子は追っているような錯覚に酔った。

長い時間、男は、曙子を振り返らなかった。いや、長い時間だと、曙子には思えた。

気がついたとき、男の手がとまっていた。

とまって、曙子の顔を、彼は見ていた。

よく乾いた松材を彼は一本手につかんでいて、曙子の方へ突き出していた。曙子には、最初その動作の意味がわからなかったが、やがて薪はなにかを指し示しているのだと気づいた。その薪の方角へ曙子も視線を移して、背後を振り向いた。

入口の戸が開け放たれている藁葺《わらぶき》屋根の母屋《おもや》があるだけだった。

男の薪先がぐいと、その母屋の入口を指し示すように動いた。動いたと同時に、男は、もう曙子の存在を忘れた。彼は、再び焚口へ、木を投げこみはじめたのだった。

とりつくしまのない背は、強健に、敏捷《びんしょう》に動いていた。

曙子は、彼女がこの谷間《たにあい》へおりる小径をたどりはじめたときから、少しずつ尋常さを捨て、ふだんの曙子ではなくなりはじめてきていることに、まだ気がついてはいなかった。

曙子のなかで、少しずつ、曙子を変えているものがあった。眼に見えない速度でゆっくりと、しかし確実に殻《から》を脱いで、変身を遂げる異様の生き物達のように、その身がその身でなくなりはじめていることを、曙子はまだ知らなかった。

暗い土間口に立つと、藁や土や灰の匂いがひそかに揺らいだ。闇の口という気がした。しかし眼が馴れると、その闇は、ふしぎなものに飾られていた。壁には、何段もの棚があった。宙には縦横に竹竿がさし交わされていた。それらの棚や竹竿には、無数の実がなっていた。いや、なっているかにそれは見えた。闇が実らせたふしぎな果実、と曙子は思った。

風鈴だった。

大小形状、とりどりの、おびただしい陶製の果実であった。

曙子は、迷いこむように、その土間へ踏み入っていた。

「誰?」

奥の方で声がした。

脂ののったような声だった。声に脂がのるという印象も妙だったが、精悍な、男の艶をふくんだ熟れた感じが、そうであった。しかし、低いどっしりとした声でもあった。

曙子の眼の前に、その男は、仁王立ちとでも言うべきか、両脚を開いた格好で立ちはだかった。奥の上《あが》り框《かまち》から、ぬっと逞《たくま》しいデニムの大腿部《だいたいぶ》が突き出され、足で草履をさぐってつっかけ、やがて皮ジャンパーの前をはだけた上体がゆっくりと曙子の前に現われたとき、男は手に大きな茶碗をつかみ、箸で茶漬けをすすりこんでいた。そのまま、男は悠然と土間へおり、茶漬けの音を立てながら、出てきたのだった。

スポーツ刈りのがっしりとした頭部が、屈強であった。その頭部にふさわしい暴《あら》い眼が、眦《まなじり》をいさぎよく切り裂いていて、曙子は不意に（それはひどく奇矯《ききよう》な思いつきではあったが）、この男の笑顔を見たいという思いに駈られた。

そして、なぜであったか、自分があられもないことを想い描いた後のような、羞恥《しゆうち》をおぼえた。

「なにか、ご用ですか?」

ぶっきら棒な口調だった。

「はい……いいえ……」曙子は、あわてて唾をのんだ。言葉が出てこない自分に、おどろいていた。

「風鈴を……こちらで、わけていただけるかと思って……」

同じ言葉を、口ごもりながら繰り返した。

男は、茶漬けのしまいをながしこみおえて、ふっと満ち足りた息をついた。

「ああ、いいよ。好きなの、とってよ」

「この竹竿にかかってるのも……」

「いいともさ」

それから、男は、

「ウチの風鈴、女には向かないけれどもよ」

と、ぼそっと言った。

「え？」

振り返った曙子にはかまわずに、男は奥へ入って行った。のっそりとした身ごなしなのに、軽快な跳躍力をためた花やかな獣を想い起こさせる。曙子がまだ出会ったことのない型の男だった。

表の窯場にいた眼出し帽の男といい、この茶漬けをかきこんでいた男といい、特殊なきわだった人種のように曙子には思えた。思った曙子が、すでに曙子ではなくなりかけていることに、彼女はこのとき気づくべきであったのである。

風鈴は、どれも低い太みをおびた音を持っていた。もっと高い、華麗な音が欲しいと曙子は思った。ふと心を傾けてその音をさがしている自分に、われを忘れているようなところがあった。

少なくともこの束の間、その風鈴に、姉の姚子も、一篇の戯曲のなかの世界も、重なって見えているふうには思えない曙子であった。

そして事実、それはほんの数刻だったが、曙子は、このすがれた農家の屋内に、『闇日輪《やみにちりん》』の曲を吹くという一本の笛の管があることを、忘れていた。

「これだろうな」

と、言う声で、曙子はわれをとり戻した。

男はすぐうしろに立っていて、無造作に竹竿のなかから一つの風鈴を選び出し、大きな手でその吊り紐をぷつんと切った。

曙子の耳もとで、そしてそれを振ってみせた。

それは、この窯の焼味なのであろうが、やはり低い雅味のある音だった。けれども、曙子が手にとったどの風鈴よりも、はっきりと高い音を奏でた。

「もっとリンリンするのがいいんだろ？　ウチにゃそんなの置いてないんだ。ま、そんなところだろ。それでよけりゃ、持ってきなよ」

「あのう……」

「値段かい？　気持だけ、そこへ置いとけよ」

（まあ、なんて言い草）と、曙子は思った。

「でも、それじゃ……」

「気がすまないかい？　だったら、好きなだけ置いてけよ。財布ごとでも、いいんだぜ」

男は手袋をはめ、タオルを首にまいたりして、土間の框でさっさと、おそらくは窯場に出るらしい身支度にとりかかった。

「でも、そんな……」

と、曙子は、なかば立腹し、なかば不気味な気もおぼえながら、言い澱《よど》んだ。

「高いかい？」

男は、顔もあげずに言った。

「そんなにあんたの財布、たくさん入ってンの」

「それ、どういうことですの」

さすがに曙子は、語気を荒らげた。

「ま、身ぐるみ脱いでってもらっても、その風鈴の値段にゃならないってことさ」

男は、あっさりと言って、立ちあがった。

「わかったら、無理しないでさ、十円玉でもいいだろよ、ポンと投げて……それ持って、消えてくれよ」

曙子は、完全にとりのぼせた。

「待って下さい」

「待てないんだよ。今日はね、どんなにイイ女がやってきたって、お相手してるヒマはないの」

「失礼じゃありませんか」

「だから、お帰ンなさい。失礼な野郎と話してることなんて、ないんじゃないの？　長居は禁物。その方が、あんたのためだぜ」

曙子は、自制心を失った。

「それとも、どうしてもってんなら、付き合ったっていいんだぜ。もっとも、窯の火を落してからになるけどさ。おれの方から出向くから、ホテルの名だけ書いといてよ」

曙子は夢中で、手の風鈴を、土間の土に叩きつけた。自分がなぜそんな行動をとったのか、よく考えればわからなかった。

男の無頼な言葉や口調に、のせられたとしか言いようがない。神経がどこかで大きく乱されていた。

そして、逃げるように、その土間を出ようとした。

「待て」

ドスのきいた声であった。

手首をつかまれ、引き戻された。

曙子はかつて、このような力を、その肉体の上へ加えられた経験がなかった。彼女の肉体がはじめて知る、力であった。

「あんた、この風鈴がよく割れたな。あんたに、そんなことができるのかよ。知ってるだろ。風鈴一つ割っちゃってさ、命を落した女のことをさ」

曙子は、体に火を感じた。

男の言葉はまぎれもなかった。『大内《おおうち》御所《ごしょ》花闇菱《はなのやみびし》』第一幕第二場の、凄惨な雪絵殺しの場が脳裏をかすめた。政争私怨百鬼夜行の暗闘の具に供されて、命を落す女であった。真昼間でも陽が射さぬという御所裏庭の場。夜ふけ、烏の羽音ふる闇のだんまりで、敵味方いりみだれる無言劇中、主人夏尾の手によって殺される女の顔が、曙子の眼先でゆらいでいた。

(この男が、『雪絵』を知っている……)

(いや、『雪絵』を知っているということを、この男は、自分に伝えているのだ)

火は、つかまれている手首で燃えるのか、もっとほかの体の部分を走りまわっているそれか、曙子にはわからなかった。

けれども、姉の書いた戯曲が、この家に……いや、少なくともこの男には、関わりを持つということが、これではっきりしたのである。

「あなたは……だれ……」

曙子は、落着かなければ、と思った。だが、声も顔も、色を失っていた。

「聞かない方がいいと思うよ。黙って帰ンな」

男は、曙子の手首をはなした。曙子は、よろめいて、土間に手をついた。

「いいな。黙って帰れ。そうするのが、あんたの身のためだ。けど、どうしてもって言うのなら、そこへホテルのメモでも残しときな。どっちを選ぶかは、あんたの勝手だ」

「あなた……あなたは、わたしをご存じなの……?」

「返事はした筈だぜ」

「待って……」

「待てないと言ってるんだ」

その声は、曙子を震えあがらせた。低い、冷えた、有無を言わせぬ声であった。

言うと、男は出て行った。

デニムの腰にみなぎっている若い、張りのある強壮な肉が、また昂然たる花やぎを、曙子の瞳のなかに残した。

なぜこの無頼漢が、このように花やぐのか。曙子は、そこまで考えてみる心のゆとりを失っていた。

冬の山里は謐《しず》かだった。

川の流れと、外で窯の音だけがした。

第二章

その日は、雨になった。

曙子は終日、ホテルの部屋を出なかった。

髪を梳《す》く。口紅をはく。衣服を着る。また、脱ぐ。紅《べに》を消す。ベッドへ寝る。また、起きる。テレビを入れる。すぐに消す。クーラーをとめる。また入れる。ハンカチを洗う。途中で投げ出す。バスタブに湯を張る。そのまま落す。新聞を見る。すぐに立って、戸棚を開ける。また閉める……なにをするにも、その一挙手一投足に、男の顔や声や体や……それらの些細な動きのひとつひとつが、ついてまわった。

母屋の戸口を出るとき、皮ジャンパーの男は見向きもしなかった。眼出し帽の男だけが、首をまわして曙子を見た。端正な、透きとおるような眼であった。

曙子は、混乱していたせいか、と、今しきりに考えていた。母屋のなかでの出来事にとりみだしていたせいか、戸口を出るとき、曙子の上へながれてきた眼に、曙子は一瞬居すくんだ。

(どこかで見た眼)

と、今、想い出されるのであった。

あの無頼漢に翻弄された後だったからか、その無頼な仕打ちがいわれのないものだとは思えない気がしたそのうろたえのせいだったからか、眼だけ出した帽子の男の澄んだ視線に、曙子はどきりとした。

今思えば、最初にその視線に出会ったとき、曙子は、同じようにどきりとしたのだった。

(どこかで出会ったことのある眼)

そういう感じが、してならないのであった。

無論、そんなことはない。昨日、はじめて出会った男達であった。そして、十年近く、あの山里に住んでいるという男達であった。気のせいだ、と曙子は思った。

曙子の頭のなかに、自然に、一人の男の影が浮かぶ。劇場の最後部の通路で、姉を刺し……いや、姉だと曙子には見えた女を刺し、そして出て行った男。

曙子は、その男の後影を、二人の男達に重ねてみようと試みる。

わからないのであった。曙子は、その男を、ほとんど自分は見ていなかったのだと、思い知るよりほかはなかった。

青地綸子の女の体をおおいつくした、幅広い、黒い影。

どちらの男も、その影に重ね合わそうとすれば、重ならない影ではなかった。けれども、それは影であった。コートのようなものを着ていた、と一瞬思った印象のほかは、顔も形も、もちろん眼も、曙子には見ることのできなかった男なのだった。

ではなぜ、こんな気がするのだろう。

眼だけを、見たせいか。その瞳が、きわだって美しく、清冽だったそのせいか。その美しさに心奪われ、その清冽さに打ちのめされて、忘れられない眼となったとでもいうのだろうか。

そのための、これは妄想なのか。

それとも、やはりあの黒いセーターのせいなのか。伏見のバーテンダーが見たという姉の男は、黒い丸首のセーターに茶の替え上衣を着ていたと言う。そのことが、記憶にあるからなのだろうか。

……曙子は、

（そして……）

と、深い心のゆらぎをおぼえる。

（あの無頼漢……）

無頼な、傍若無人な男であったが、その無頼さや、その人もなげな言動のゆるぎなさが、確固として、いかにも理由ありげであった。

あの無頼漢は、曙子を見た瞬間に、曙子の正体を知ったのだと、思われる。どうしてそんなことが、彼にできるのか。

あの二人は、何者なのか。どんな間柄の男達なのか。そして笛と……。そして姉と……。と、曙子は、きりもなく考えつづけた。なにもわからないのであった。

（知らなければ！）

と、曙子は、懊悩《おうのう》にとどめでも刺すごとくに、決断する。その決断が、また曙子を、落着きのない世界へ追いおとすのであった。

牧子に話したかった。牧子なら、なにか智慧《ちえ》をかしてくれそうな気がした。何度も、曙子は電話へ手をのばした。力をかして欲しかった。

そして今も、曙子は、その電話の傍に立っていた。ダイヤルを見おろしていた。

ノックが聞こえたのは、ちょうどそうしたときであった。

曙子は、ほっと救われた気持になった。欲しくない食事であったが、朝も昼も抜いていた。気分がまぎれるかもしれぬ、と思って頼んだ夕食だった。一人で思いを凝《こ》らすために閉じこもった部屋だったと思われるのに、今むしょうに人恋しかった。ウエイターがやってきてくれたことが、ふしぎにありがたかった。そうだ。まだ日は高いが、食事にしよう。そしてすんだら、出かけよう。牧子のクラブで、彼女といっしょにお酒でも飲もう。

とにかく、一人で考えるのはよそう。

曙子は、そう思った。

思って、その扉を開けたのだった。

茶の替え上衣に黒い丸首のセーターを着た男が、そこには立っていた。

「やあ」

と、彼は、むしろ無表情に低い声で言って、曙子を見た。

とっさに曙子は、ドアを閉めた。閉めたと思ったのだが、それはまちがいだった。ドアは、彼の手首をはさみこんでいて、その手首は造作もなく閉めたドアを押し返した。

「もう一度言う」と、彼は言った。「このドアをあんたが閉めたら、もう会わないぜ」

男は、手をはなした。

「おれをなかへ入れるか、追い返すかは、あんたが決めるんだ」

曙子は、血の気が退《ひ》いて行くのがよくわかった。

「……お願い……下で、待ってて下さい……すぐにおりて行きますから……」

「だめだ。ここでいいよ。ここで決めな」

しばらく男は突っ立っていて、

「いいんだな?」

と、やがて念を押した。

全身の力が抜けて、曙子はその場にしゃがみこんだ。こうなることが怖かったのだ、と曙子は思った。こうならずにすむ方法が、まだほかにもあるかもしれない。だが、わたしの頭は、それを考え出そうとはしないのだ、と、曙子は思った。あのメモを、あの土間に置いてきた、あのときから。

曙子は、こうなることを自分で望んだのだ、と、もう一度断定するように心で思った。

(そうしなければ、姉の死に近づくことはできないのだから……)

(そうしなければ、一篇の戯曲を世に出した自分のつ、と、め、も、責任も、果たすことができないのだから……)

(あの戯曲が、姉のものだとはっきり知ることができるまでは、自分はこの道を歩かねばならないのだ)と。

しかし、それが今、曙子には、すべて束の間の安らぎを得るための、自らに用意した偽りの言い訳でしかないと、理解できるのだった。

(こんなことが、自分の上に、起こり得ていいのだろうか)

曙子は、奇怪な幻妖《げんよう》を見ているような、自失感のなかにいた。

男は、そんな曙子をゆっくりと抱えあげ、足で扉をカチリと閉めた。

男と女の体の上には、どんなことでも起こり得るのだと、曙子は思った。わずかな身あがきのように考えた、それが曙子の最後の理性とよべるものだったかもしれぬ。

やがて間もなく、ウエイターが夕食を運んできた。曙子は、男を浴室にひそませて、平然としておれる自分が、ふしぎであった。いや、平然と言えば嘘になる。曙子は、一刻も早く、ウエイターが立ち去ることを待ち、望んだのだ。ほんの短い中断の時間だったのに、その数刻が、曙子には待ち遠しかった。その間中、曙子は溶けつづけた。唇の上の男を、喉や頸《くび》や耳の上にいた男を、そして乳房を荒しはじめた男を……思って、待ち焦がれた。

(なぜ、こんな刻があるのか)

(乃里夫と姉を赦せなかった自分に、なぜこんな刻が訪れてくるのか)

曙子は、考えようとしても、端から端からとくずれていく思考力のなだれにつつまれ、おしながされていた。

「ありがとうございました」

と、ウエイターは言って、出て行った。

その瞬間から、綾野曙子は、完全に正体を失った。

男は、その夜ホテルの部屋を立ち去るまぎわまで、一刻も曙子を正常な状態へは戻さなかった。

「あなただったのね……」と、曙子は言った。

言いながら曙子は、男の手を、ほんとうに海のようだと思った。ひとうねりすぎても、次の波頭が見えていた。きりもない波のようだと。

「そうだ」と、男は答えた。

「わたしが、どうして姚子の妹だとわかったの……」

「あいつの財布のなかにゃ、あんたの写真がいつも入ってる。それに、テレビでも見た、あんたの顔はな」

曙子は、歓楽の波とは関係なく、涙を流した。

「どうして姉と知り合ったの……」

「いい女だったからな」

「そんなことじゃないわ……いつ……知り合ったの……どこで?……」

「あんたと同じさ。風鈴を買いにきた。陶器市でな。そのときだ」

「あなたが誘ったの……」

「そうだ」

「どこで……」

「どこでだっていい。おれは、これだと思ったら、手間ひまかけない。見ろ。あんただって、この通りだろ」

曙子は、薔薇の花を瞼《まぶた》の裏に見た。男の指がその花をむしっていた。花はしきりに散乱した。

「……あなたが誘ったの？……伏見へ……」

「そうだ。あいつが近くにいたいって言うからな」

「……だって、あなた達……伏見じゃ会わなかったんでしょ？……」

「そんなことはない。ただ、会ってるときは大抵こんな調子だったからな。ベッドの上さ。伏見までこなくったってさ、そんな場所は山程あるだろ？」

曙子は、山科盆地を抜ける国道一号線近辺のモーテル、ホテルの群落を眼にうかべた。

「……いっつも……そうなの？……」

「ああ、そうだ。ほかにすることなんて、なにがある？」

「でも……」と、曙子は言った。「連絡はどうしてとったの？……」

「連絡？」

「会うときの……」

「そんなもの必要ない。次はいつ来いっておれが言えば、あいつはちゃんとベッドの上で待ってるのさ」

「……いつも、じゃ……同じホテルで……」

「そうだ。あちこちするなんてばかばかしい。ベッドさえありゃ、いいんだからな」

「じゃ……」と曙子は言った。「いっしょに外を歩いたことなんてなかったの？……」

「たまにはあったさ。けどさ、歩いてる時間なんか結局なくなる。あいつもベッドが好きだしさ、おれもこっちの方がいい」

「ねえ……競輪場に……行ったことがあるんでしょ？……」

「あるさ」と、男は、無造作に言った。「ホテル以外にゃ、ほかにあいつと行くところはない」

「……伏見のアパートや、お店が焼けてから……姉は、どこへ行ったの？」

男の手が、ふととまった。が、またすぐに動き出した。

「知らん」と、彼はそっけなく言った。

「……知らん？」

曙子は不意に、眼を開いた。開いても視線は定まらなかった。紅色のかすみがかかっていた。

「……知らないって、どういうことなの？……」

男はしばらく、無言だった。無言で、曙子を喘《あえ》がせた。男の息は潮騒だ、と曙子は思った。聴いていると、うねりが見えた。うねっていると、いつも鳴っていた。曙子の眼先には、紅色の花びらがふるようにあふれた。

「そう思うだろ、あんただって」と、男は言った。「こうしてるのは、いいもんだろ。これが、きらいか？　忘れられるか？　厭だって、おれに言えるかい？」

男の言葉は、またしばらくとだえていた。

「あいつはそう言ったんだ。これが、厭だって、言ったんだ」

「え？」

曙子は浮かび上がろうとした。のけぞって水の面《おもて》をさがした。あの上に首を出さなければ、と思った。だが薔薇色の海のうねりは、底深く曙子をつつんではなさなかった。

「そうだ」と、男は、言った。「あいつは、逃げたんだ。このおれから」

「どうして！……」

と曙子は、小さく叫ぶように言った。

男は、何も答えなかった。

「……どうして……」と、また曙子は、たずねた。うねりにのまれて、声はほとんど消えそうだった。

姉が、この男をはなす筈がない。服従。この男こそ、服従に値する男ではないのか。名前もまだ聞いていない。だのに、自分は今この男に組み敷かれている。このわたしが、そうなのだ。ふしぎだが、そうなのだ。この男は魔だ。そして服従の意味を、この男ほど、直截《ちよくせつ》に、この男ほど鮮烈に、この男ほど頼もしく教えてくれる男が、ほかにいるだろうか。姉が逃げ出せる筈がない。と、曙子は思った。だが、一方で、この男だからこそ、姉は逃げたのかもしれない、と思えもするのだった。この男が魔だからこそ、姉は逃げたのだ。姉の男遍歴は、誰かれかまわずというのではなかった。姉の生きる支えになる男。そんな男を、姉はさがしたのだ。そんな男は、そうざらにいる筈もないのに、ただ、姉にはそのことがわからなかっただけだ。わからなかったからこそ、姉は男遍歴をつづけたのだ。

姉がこの男から逃げたと聞かされて、曙子は、ほっとする思いもあるのだった。姉は、色情狂ではないのだから。姉は姉で、求めるべき理想像を持っていたにちがいない。理想は追って手にできるというものではないが、姉はそれを追っていた。そのことが、曙子にはわかって、救われるような思いもしたのだった。

そんなときだった。

「ばかな女さ」と、男は、言った。

「え?……」

「あんただったら、どうするよ。女を抱かない男とよ、こうしてくれる男とよ、どっちを選ぶ？　いくら好きになったってよ、兄貴は女を抱きゃしない」

「兄貴？……」

曙子は、このとき、再び大きく眼を見開いた。男の頭は、曙子の胸の上をさまよっていた。

「兄貴って……あのひと？……」

「そうだ」

「あなた達……兄弟なの……」

「そうだ」と、男の頭は、やすみなく動きつづけながら答えた。「二、三度、山科によ、あいつを連れて帰ったのがまずかったというわけさ。あいつ、のぼせあがってな。兄貴のそばをはなれないんだ。だから、教えてやったのさ。兄貴はだめだよってな。けど、あいつ、きかないんだ。ほんとに、あいつってのは、男が好きなんだな。好きだと思ったら、とめられないんだな。弟から兄へよ、平気でのりかえようとするんだからな。まったく、あきれたもんだよな。別れてくれって、おれに言うんだ。笑っちゃったよ。ああいいよって言ってやったよ。おれと別れられたら、お前は立派だよってな。そのあとさ。ほんとうにいなくなっちまった……」

曙子は、伏見の変電所の河土手で、男に殴打されていたという姉を想った。その頃のことだったのかと、納得した。

そして、この男から現実に逃げのびた姉に、一途な、真剣なはげしさを見た。眼出し帽の奥にあった澄んだ端正な瞳を、曙子は想い出した。姉も、あの瞳に惹かれたのか……と、思った。思ったとき、やはり自分達は姉妹なのだ、というごく当り前な、しかしふと恐怖にも似た自覚を、曙子は持った。

この男に蹂躙《じゅうりん》され、あの男の瞳を美しいと思う自分も、姉と同じ女なのではあるまいか、という気がしたからである。

乃里夫から逃げ、この男につかまった。

(姉も、そうだった)

と、不意に思った。そしてその思いを、あわてて曙子は払い捨てた。

「でも……どうしてなの？……どうして、お兄さんは……」

「こんなことをしないのかって言うのかい？」

「……ええ……」

「理由は簡単さ。女が好きじゃないからさ」

「だから、どうして……」

男の舌や指や腕は、少し狂暴な力をおびた。

「あんたには、教えてやる。いずれ、ゆっくりと教えてやる」

曙子は、考える力を失いかけた。考えるといえば、最初から、自分は考えることを放棄してしまっているような気がした。ただこの男に蹂躙されることだけを、自分は待っていたような気が。

意識がみだれた。なにもかもがものうく、遠く、曙子にわかることと言えば、紅色のかすみに無数の小さな炎が生まれ、舌先をゆらめかせておどりはじめたことだけであった。

曙子の言葉は、うわごとも同然だった。

「……あなたは……姉をさがしたのね……」

「そうだ」

「……どこにいたの……姉はどこで……あなたに見つかったの……」

「あんたが、知ってるところさ」

「西陣京極さ」と、男の言う声が聞こえた。聞こえたけれども、曙子はもう言葉を返さなかった。ゆるやかに首を振るだけだった。なぜ首を振っているのか、それは曙子自身にもわかりはしなかった。首を振る拒絶の動作が、なぜこんなとき肉体の上に現われるのか、無論、曙子に考えるゆとりなどなかった。

男はゆっくりと体を起こし、曙子を改めておもむろに抱き敷いた。

綾野曙子は、火炎を見ていた。

木が鳴っていた。

『大内御所花闇菱《おおうちごしょはなのやみびし》』、第三幕第二場の幕が上がっていた。

築山御所本殿広間炎上の場であった。

家財、道具類、襖、屏風、長持……などが、広間といわず庭といわず、あたり四方に運び出され、散乱して、金襴唐織物《きんらんからおりもの》の衣類、獣皮、書籍、刀剣の類も、乱雑狼藉の限りをつくしてとりちらかされている。梁は傾き、欄間はとび、広間はいたるところ火焰をふいて、火の粉と煙につつまれていた。

前第一場の翌々日の午後。

局筆頭夏尾が、戦ごしらえもせず、ただ一本、脇に長刀を掻いこんで、その舞台中央に座している。晴々とした顔である。

貝鐘の音、はげしく聞こえる。

下手より家臣一人に数人の叛乱勢かかり、刃を交えつつ出れば、奥の庭にも数多の賊兵行き交い、家臣は斃れ、叛乱兵は上手へ突進せんとして、行き掛けてんでに道具を荒し、柄頭《つかがしら》にて古匣《ふるばこ》の蓋など打ち砕き、金銀珠玉は掠め放題、扇箱から舞扇をつかみ出す者あり、扇は際限もなく出て、雑兵達はこなたへかなたへと興がりて扇をとばし、箱打ちかえして上手へ走る。

入れかわりに、大田隠岐守隆通《おきのかみたかみち》。家来を従え、からむ敵兵を斬り払いつつ、上手より出る。

大田『おお、それにござるは夏尾殿か。早や本殿に火は廻った。お立ちなされい』

夏尾『そのお気づかいには及びませぬ。女子供はことごとく、昨日の内に落してござれば、あとはただもう打ち果つるのみ』

このとき背後より襲いし槍を、夏尾は長刀にてカッと打ちあげ、敵の足もとするどく払って、立ち上がる。

夏尾『この大内御所焼け落ちるまで、この眼でしかと見とどけて、わが死に場所はここぞと決めております する』

大田も、斬り結んだ相手を豪放に刺しとおして、

大田『われら手勢三百にて、ひとまず時をうち稼ぎ、これまで防戦はつかまつったが、先に築山に落ちられし殿の安否が、気づかわれてならぬ』

夏尾『聞けばまた、落伍の兵が出ましたとか』

大田『無念千万。昨日昼過ぎ、屋形を発《た》たれし折りの三千が、夜陰にまぎれてなかばは散り散り、今朝方になりまた五百、姿うちくらましたとの報が入ってござる』

夏尾『して、大田殿。このお屋形へ打ちかけし敵方の先陣は、どなたがお将《と》りでござりまするな』

大田　『防府口より攻め入りし、江良良栄《えらよしはる》、宮川房長《ふさなが》』
夏尾　『(苛立たしげに)ではあの、敵の総大将は』
大田　『陶隆房が本隊は、佐波徳地口《さわとくちぐち》より二手にわかれ……』
大田は途中で、庭手よりしのぶ雑兵数名、束ねて下手へ追いつめる。
夏尾　『(じれて)二手にわかれ、してその後は』
大田　『(二、三名を一気に斬り)二手にわかれその後は、相良武任が留守屋敷の方へ廻ったものと思われまするな』
大田、残る兵らも虫けらのごとく斬る。
夏尾　『(いよいよじれて)ええ、そんならこのお屋形へは、隆房殿ご自身は、打ち寄せてはみえませぬのか……』
大田　『陶隆房、この拙者とて、先程より探してござる。一太刀なりと斬り結ばねば、腹の虫がおさまらぬわ』
このとき、家来。血に染まりし鉢巻きをしめ、下手より走り出る。
家来　『申し上げます。表門陣お固めの小原安芸様輩下一百、成行きうかがい、敵方へ寝返ってござりまする』
大田　『何い』

別の家来、上手より走り出て、

家来『申し上げます。相良武任様お屋敷焼打ちに廻りましたる敵方の本勢、うちなだれて寄せ戻し、只今築山東門口へ、矢戦《やいくさ》仕掛けにかかりました』

大田『(万策尽きたる態《てい》にて唸り)築山御所の命脈も、早やこれまでか……。この上は一刻も早う屋形を抜け出で、本軍に追いつきて、殿のお側を全うするが肝要じゃ。夏尾殿も続かれませい』

大田は家来を促して、下手へ去らんとして、再び夏尾をかえりみる。

夏尾は動く気色もない。

大田『(急ぎて)夏尾殿』

夏尾『わたくしにはお構いなさらず、早やお役目果たしにまいられませい』

大田『エエ、夏尾殿』

大田は、大股にてとって返さんとするところへ、天井より火だるまの梁木落ち掛かり、両人の間を隔てる。さらに敵兵また一しきり大田の周囲をうかがって、大田はこれらを睨みつけつつも、じりじりと押されて退く。

矢羽の音がしきりに行き交う。

大田『夏尾殿……』

大田は呼ばわりつつ、遂に下手へ姿を消す。

夏尾一人、後に残る。貝鐘の声いよいよし、夏尾は、朱塗りの長持より乱れ出たる衣類の中から、大内菱金襴の裲襠を引きずり出し、頭よりかぶりて激しい火粉を避けんとす。

このとき、下手より上手へ、あまたの敵兵走り抜ける。

夏尾は瞬時、兵をやり過ごして身を起こす。

と、裲襠をかざしキッとあげたその顔は、万里小路貞子《までのこうじさだこ》に変化《へんげ》している。

笛。『闇日輪』

貞子『（嬉しげに屋形を振り仰ぎ）おお、燃ゆる燃ゆる……大内が綾羅錦繡うち舞いあがらせ、天まで焦がして……燃えあがるわ。おお、美しい、花々しい……燃えたつ炎がわが生命……舞いとぶ火花が、わが安らぎ……燃ゆるがよい、燃えい燃えい……わらわが生涯の花の舞台じゃ……』

貞子は酔い痴《し》れたるごとく浮かれ立つを、左右より敵兵しのび出て、斬って掛かる。

貞子『えい、下郎めが、推参な……』

貞子は、裲襠を自在にあやつり、楯にとり、火煙の中を激しく立ち廻る。この立廻りのからみの間に、貞子の身は入れ替って、再び夏尾に立ち戻る。

二人の役者が入れ替るのは、容易なことと言えるのだが、ここは一人の役者が二役に扮し、逆に入れ替ったごとく見せなければならぬ、芳沢蘭右衛門のいわば大見世場なのだった。

夏尾『おのれらごとき雑兵に、この身が討たれてなるものか……（声高に）ええ、隆房殿……隆房殿はまだ見えぬか……総大将は、いずれにおられる……』

夏尾は、毅然と立ち廻りつつ、叫ぶ。貝鐘の音、鳴りやまず。兵は正面より斬って出るを、夏尾は横ざまに薙ぎ払い、返す刃で今一人の脇を抉《えぐ》る。と、はずみで揺らぐ肩先を、流れ矢に貫かれ、夏尾はよろめきて膝をつく。背後の兵、すかさず襲いかからんとする。が、にわかに呻《うめ》きてその場に伏す。

その兵のうしろより、抜身をさげ、鎧物の具に身を固めたる陶隆房、ゆっくりと姿を現わす。

夏尾『（すかし見て驚き）おお、隆房殿っ。待ちかねました……もうお会いできぬかと諦めながらも、お前様の、刀の露に果てんとて、命惜しんで、かく長ろうておりました……』

隆房は、黙したるまま、近寄りて矢を抜かんとするを、夏尾は身をかわし、
夏尾『あ、いや、そのご斟酌《しんしやく》には及びませぬ。この身はすぐにも、三途の瀬音を聞かねばならぬ身、どうなりましょうとも構いはしませぬ。こうしてお前様を待ちましたのも、一つには、ただご本懐遂げさしょう一心から……それにしても隆房殿、一日遅うござりました』

隆房は、始終無言にて、夏尾を見おろしているが、このとき、つと踵を返し、徐かに立ち去らんとする。

夏尾　『（おどろきて）お待ちなされませ、隆房殿。もはやこのお屋形には、いえ築山御所くまなくうち探されても、義隆卿はお座《わ》しませぬぞ』

隆房、不意に立ちどまる。

夏尾　『義隆卿には、ご謀叛と聞かれるや、戦になんの防備《そなえ》もなきこのお屋形をうち捨てられ、にわかに昨日未《ひつじ》の刻、手勢わずかを引き連れられて……』

隆房　『（背で吐く）えい、黙られい。申されるな。（怒りをふくみて振り返る）聞かずともよい。いや聞きとうない』

夏尾　『隆房殿……』

隆房　『そうでござろう。この隆房は弑逆《しいぎゃく》の犬。主に背きし人でなし。逆臣逆賊。どぶ犬ぞ。そのどぶ犬に……お身にとって御主《しゅう》とも、君とも仰がるる掛けがえのないお人の、必死の想いで落ち行かれし隠れ家を、なんとて明かそうとはなさるのじゃ。仮り寝の宿を草枕に、露ぬれそぼちて落ち行くお人の、心の内を思わぬのか。お身とても築山御所奥をあずかるお局筆頭。ならばなぜ、屋形を焼かれ、主君を路頭に打ち迷わせしこの隆房を目の前にして、敵と呼び、犬畜生と罵《ののし》られぬ。一太刀浴びせて、なぜ斬ってかかってはこられぬのじゃ。それが臣。臣の道。それが人。人の道。（吐く）お身は、人の心を持たれぬのか』

夏尾は瞬時、ひるみて隆房を見る。短き間。

夏尾『(ある胸中を押し殺し)……はい、捨てました。失《なく》しました。いかにもこの身は、人の心を持ちませぬ。心はとうに……死んでおります。情ないともお笑いなされ、恥知らずとも、お見切りなされ。泥あくたにうちまみれしけがらわしいどぶ犬こそは、この夏尾ぞと……お詰《なじ》りなされ。じゃが隆房殿。これは、夏尾がせめてもの罪ほろぼし……』

夏尾は口にして、その言葉をあわてての む。

夏尾『いえ……いえ、もうなにも言いはしませぬ。夏尾が戯れの独り言、お耳のけがれになるならば、お耳をつぶしていられませい……』

隆房『(夏尾を正視する)』

夏尾『(も、隆房を見つめつつ)……義隆卿には、北山滝の法泉寺に一時をしのがれ、山越えに仙崎の津へおとりなされ、仙崎より、お船にて石見《いわみ》三本松御城主の吉見正頼《よしみまさより》様をお頼みなさるお心積り……』

隆房はにわかに寄って、夏尾の胸もと引っつかむ。

隆房『ムム』

が、すぐにその手も放し、哀しげに夏尾を見おろす。

隆房『空しいことじゃとは、お気づきにならぬのか……。この隆房が、知らぬとでも思うておいでなされたか。お身の心の内ひとつ見抜けいで、西国七か国管領代《かんれいだい》大内の筆頭職がつとまろうぞ』

夏尾、驚く。

隆房『お身は、まんまとこの隆房を乗せた積りでおられたかも知らぬが、しかとおぼえておかれるがよい。お身一人、おらりょうとおられまいと、この大内、いずれはかくなる運命なのじゃ。隆房が謀叛は、理の必然。われが背かねば、いずれは他人が背いたであろう。いずれは他人が背きしものなら、せめてこの隆房が手にかけて、お家末代の命脈だけでもとりとめようと、謀叛の賊になりさがりしを……己一人の身の満足に酔い痴れて、心ない心中だての数々は笑止千万。お身の小細工など、物の数にも入りはせぬわ』

夏尾、息をつめ、隆房を直視する。間。

夏尾『(狂いたるごとくに哄笑する)……お前様にはわかりはしませぬ。人に隠れ、心を凝らし、歳月かけてお家滅亡を心に念じ、この手で密かに点けし火は、口にも言葉にも言い尽せはせぬ。数限りのないことじゃ。相良武任が過分のお取立ても、もとはと言えばご離別なされた貞子の方様が、密かに蒔《ま》かれた置きみやげ。その種《たね》に水をやり、芽を出させ葉を繁らせ大内が根太《ねだ》打ち揺るがせる大木にまで育て上げたは、この夏尾でござりまするぞ』

隆房『ええ、愚かよな。思い上がりも程々になされぬか。武任が増長は、お身が手などを煩わさずとも、いずれは芽をふきし事の自然じゃ。お身が点けたと思うた火は、真実は自然に燃えあがりし火。お身が蒔いたと思うた種は、真実は元《はな》より潜《ひそ》みし種じゃ。まだ気づかれぬか。独り相撲に手あげ足あげ、自らが傀儡《くぐつ》の糸に酔い痴れて、夢幻にあやつられたは、お身自身じゃとは気づかれぬか』

夏尾は、深くうろたえる。

夏尾『(喘ぎ音のごとく)……すりゃ隆房殿には、この夏尾が……生涯かけてのはたらきを、独り相撲、あやつり芝居、夢幻と……言わるるかァ』

隆房『おお。いかにも。空しい手だて。甲斐なきことよ』

夏尾、平静を失いて、身を泳がす見得。

隆房『(吐く)人の心を弄びし、報いのあえなさ、今こそ思いしられたか』

夏尾『(叫ぶ)エエ嘘じゃ。みんな嘘じゃ。嘘じゃ嘘じゃ……この大内が弓矢の修羅場も、お前様を謀叛の賊へ追い落せしも、みんなわが身が骨身をけずって仕組みし結果じゃ。あやつり、傀儡《くぐつ》と言わるるなら、それはお前様の方こそじゃ。お前様じゃ。お前様じゃ。(昂然と顔をあげ)この大内、わが身がこの手で、打ち滅ぼしたも同然じゃ』

髪ふり乱して哮《たけ》りたつ夏尾を、隆房は、さめたる態にてうち見守る。

隆房『……恐ろしきことよのう。その荒立ちたるお身が姿は、京へお帰りの貞子の方様へ生き写しじゃ』

貝鐘の音。火勢は、いよいよ増してくる。

隆房、痛ましげに顔をそむけ、再び立ち去らんとする。

夏尾 『（するどく）お待ちなされ、隆房殿。この夏尾を斬らずして、このまま捨てて行かれまするか。大内謀叛の張本人こそは、この夏尾。お前様に斬られてよい身こそは、この夏尾。いや、斬られねば……夏尾が身の一分が立ちませぬ』

隆房は、黙殺して行く。

夏尾、やにわにその隆房へすがり寄り、隆房がさげし抜き身を袂にて引っつかむ。そのまま、おのが脇腹深く突きたてる。

隆房 『（驚き）夏尾殿……』

夏尾 『（喘ぎつつ）のう隆房殿……嘘、でありましょう……嘘じゃと言うて……下さりませ……このお刀は、こうして……（と、夏尾は力をこめて身内を抉る）……こうして……この夏尾が身をこそ、突くべき刀……のう、そうじゃと言うて……下さりませ……』

隆房は、くずおれんとする夏尾を抱き起こし、空しげに見返す。

夏尾 『（必死に）……お前様のお屋敷に……雪舟のお軸がござりましょう……できそこないの軸なれば、墨にて雪舟自らが一刀両断、消し筆入れたるあのお軸……われらが見れば、できそこないとは思えねど……雪舟には我慢のならぬ不作とて、後の世に恥残すをおそれて入れしというあの消し筆……お前様は、お床に飾られてではござりませぬか……』

隆房『（無言）』

夏尾『（余力を傾け）……己を斬る強さこそが、己を真に生かす道……己を捨てさる厳しさこそが……己を全うする真の道……。お前様が……雪舟のお軸に読みとられた心の教えを……わたくしもまた……生きる、生きる頼みに……人の心は捨てました……（激しく首を振り）犬死ではありませぬっ……エエ、犬死など……いたしはしませぬっ……』

夏尾は、必死に隆房を見あげるが、隆房は、黙して答えず。哀しげなる、両人両様の見合いである。

夏尾は、息絶える。

隆房、じっと瞑目《めいもく》する。

貝鐘の音。棟木またひとしきり崩れ落ち火粉をあげる。

隆房、夏尾の胸の太刀を徐かに引き抜き、立ち上がる。

隆房『（独語して）人の心は、誰にわからしょう術もなきもの……成仏なされ。（思いを振りきるごとくに、やがて大音声に叫ぶ）陶尾州守隆房、只今……只今ここに、大内屋形を攻め落したり！』

急激におりる第三幕の幕外で、霏々《ひひ》と、ふりしきる暗黒をうたっていた『闇日輪』を、曙子は、まだ火焔の散り残るベッドの上で、耳の奥に聞いていた。

男は、立ち去るまぎわに言った。

「おれの名前を、聞きたくはないのかい？」

（そう、聞きたくないの）

と、曙子は、心のなかで自分に言った。

（まだ聞かなきゃならないことは、山ほどあるわ。でも、もうなにも知りたくないの）

「おぼえとけよ。竜雄《たつお》ってンだ。鈴木竜雄。じゃ、また明日な」

男は一本煙草をくわえ、火をつけてから出て行った。

曙子は、思った。

（なにも知らなくていい。このまま、明日東京へ帰ろう）

聞くべきことを聞かずに残している自分が、おそろしかった。また、言うべきことを言わずに帰った男も、おそろしかった。

竜雄。

曙子は、その名前を、何度も声に出して呼んだ。

『闇日輪』が、まだ耳の底で鳴っていた。

第三章

火を落した窯は密閉されていて、妙に白っぽく、土塁の亡骸《なきがら》という印象がした。焼き終ると、三、四日は窯袋をとじて、放置しておくのだという。自然に冷めるのを待つためだ、と、竜雄は言った。

「明日は、ウチにこいよ。兄貴が出掛けるンで、おれ、出られないぜ。窯、ほっとくわけにゃいかないからな」

曙子は、戸口の硝子戸を少しあけ、すぐに閉めた。暗い土間が眼に残った。外から声をかけてみたが、返事はなかった。裏にまわると、竜雄は、流れで鍬《くわ》を洗っていた。

曙子は、しばらくそばに並んでしゃがみこみ、姉とも昨日の出来事とも無関係な話を、彼とした。

風鈴を焼いてないときは、山仕事に出たり、藤助《とうすけ》の遺した畠をたがやしたりして暮らしているのだという。夏場家を空けるのは、業者向けや特別注文の品などを捌いた後の風鈴を、車を借りて地方へ売りに出るのだと、彼は言った。

「なに、おれ達のレクリエーションさ。車はロハで使えっていってくれるお得意がいるんでな、油代と食費が出りゃあ、それでいいんだ。贅沢言わなきゃよ、結構、田舎暮らしもいいもんだぜ」

「その藤助さんていうのは?……」

曙子は、昨年の夏やってきたことは口にはしなかった。

「赤の他人だけどよ、窯も家もこの土地も畠も、おれ達にくれた人だ」

「あなた、この土地の方じゃないんでしょ?」

「そうだよ。東京だ」

「東京?」

「ああ、脱都会派ってところかな」と、竜雄は冗談口調で、軽く言った。

「兄貴がな、こんな山ン中でよ、風鈴焼き手伝うって言いはじめたときはな、おれも驚いたけどさ……おれ、一年あとに京都の大学入ったもんだからさ、ここへ顔出してるうちによ、なんとなく手伝ったりしてさ……まあ、根が生えたってわけさ。勿論、学校はやめちまったけどな。藤助さんも、嬉しかったんだろうな。もう齢で、窯をつぶす気になってたときだったらしいからな……」

竜雄は、「おい」と、言って、川水のしたたる手で、曙子の手首をいきなりつかんだ。

「こいよ」

曙子は、その低い声の一言で、体の芯に溶け出すものを感じた。

「やめて」

と、曙子は、家のなかへ連れこまれてから手を振りほどいた。

「今日は、お話をうかがいにきたんです」

「だから、話してやるって言ってるだろ」

竜雄は、自在かぎのある囲炉裏端へ、奥からマットレスを引っぱり出してきた。

「上がれよ」

「いやです。ここで結構です」

曙子は、炉端の土間に立っていた。

「無理するなよ。あいつは、もっとすなおだったぜ」

「でも、あなたから逃げ出したわ。ボロ小屋の映画館の切符売り場につとめてたのよ。そんなにまでして、あなたから見つかるまいとしたのよ」

「へえ。そんなことしてたのか……」

竜雄は初耳らしかったが、しかし驚きはしなかった。

「あなた、西陣京極で姉を見つけたっておっしゃったわね」

「言ったさ。どこにいたって、おれは必ず見つけ出すつもりだった」

「どうして」と、曙子は小さく叫んだ。

「姉は、あなたからも逃げたけど……あなたのお兄さんともいっしょになったりはしなかったんでしょ？　あなた達二人のどちらからも、身をひいたんでしょ？　かりに姉がお兄さんを好きになったって言ったたって、それを姉は諦めたんでしょ？　あなた達にも波風が立つ、自分も苦しい……だから身をひいたんじゃないの？　そうはお思いにならないの？　そんな姉を、どうして引き戻そうとしたりなんかなさるのよ。あなた、姉を愛してらした？」

「愛して？」

竜雄は、聞きとがめた。そして、いきなり笑い出した。いかにも可笑しいといった笑いだった。

曙子は、竜雄の笑い顔をそのときはじめて見たのだが、こんな笑顔を持つ男が毎日そばにいる生活は、どんなに張りがあるだろうか……と、不意に物狂おしく、思った。

「冗談じゃない」

と、竜雄は言った。

「そうでしょう。あなたには、その程度の女だったんでしょ。だったら、どうしてそっとしてやってもらえなかったの！」

「そうはいかない。まだ、用がすんじゃいなかったんだからな」

「用?」

曙子は、肌寒いものをとっさに身をかわして避けた。そんな怯えを、瞬間持った。

「そうさ。あいつには、まだするべきことがしてなかった。それがしたいと思ったから、あいつを抱くことを思いついたんだ」

「……なんですって?」

「あいつもさ、かわいそうな女だよな。陶器市なんか歩いたりしなきゃ、おれに会うこともなかっただろうしさ。世の中、うまくできてるよな。なにもよ、おれの店の前にさ、選りにも選って、立ちどまらなくったってさ、よかりそうなもんなのにな。立ちどまって、おれの店の風鈴を買った……それが、あいつの運のつきさ」

曙子は、息をつめて竜雄の口もとを見つめていた。話さなくても、言葉がなくても、曙子を骨抜きにすることのできる口だった。

精悍《せいかん》な歯に飾られたその口は、しかし今、喋っていた。

「あいつにはさ、話してやらなきゃならないことがあったんだ。それを話してやるために、おれはあいつを抱いたんだからさ。だのに、まだ話さないうちに、あいつは逃げてしまいやがった。どうしても、探し出さなきゃならなかったんだ」

「なに!」と、曙子は、思わず声をあげた。

「だから、それはなんなのよ！」

竜雄は、囲炉裏に枯枝をくべた。枝を折る乾いた音がしばらく続いた。それから、竜雄は、ごろんとマットレスに足を組んで寝ころんだ。

「あいつはおれを知らないけどさ……おれは、あいつをよく知ってたんだ」

「？」

「綾野姚子。綾野房子の娘でさ、曙子という妹もいる……子供の頃から、おれは、よく知ってるのさ」

曙子は、口を少しあけた。そのほかは、身じろぎもしなかった。

綾野房子。それは、母の名前である。曙子が中学に入った頃、死んだ。なぜ、この男が、母の名を知っているのか。

「あんた達は、知らなかっただろうな」と、竜雄は言った。「おれン家《ち》は、あんたところとは、没交渉だったからな」

「……おれン家？」

「でも、話くらいは、聞いてたんじゃないのかい？　ガキが二人いるってのをさ」

「ガキ？……」

曙子は、口の中で、その言葉を反復した。

「言っただろ？　おれの名は、鈴木竜雄。昨日、教えてやっただろ。竜雄ってのは知らないだろうけど、鈴木は、よく知ってるよな？」

「鈴木……」

曙子は呟きかけて、息の根をとめた。

鈴木。ありふれた名前だった。だから、まったく曙子の関心外に、その姓は置かれていた。しかし……。

「まさか……」

「そうさ。そのまさかだよ。あんたン家の母娘二代、面倒みた男の、ご子息さまさ。おれ達は」

曙子は、この直後のことを、よくおぼえてはいない。めまいがしたわけでもなかったが、視界がなくなった。はっきり眼をあけていたけれども、見えなかった。

鈴木。

それは、言われてみれば、なるほど、伯父の姓であった。母とは血のつながりはないが従兄妹《いとこ》に当る。父が早く亡くなった後、母の愛人となった伯父だった。そして、母が死んだ後、姉の愛人ともなった。姉がまだ高校生の頃だった。

（そして……）と、曙子は、思った。

姉の現在をつくったのは、まさしく、この伯父だった。伯父に愛されたからこそ、姉は、人生を踏み外したという思いが、曙子にはある。たとえ、姉がそうは思っていなくても、姉の暮らしざまを見せられてきた曙子には、この考えを変えることはできなかったのだった……。

曙子は、気がつくと、上《あが》り框《かまち》に腕をかけてしゃがみこんでいた。

竜雄は、言った。

「誤解してもらっちゃ困るぜ。親父があんたン家へ入りびたってたのをよ、とやかく言ってるんじゃないんだ。おれは、あんたの顔は知らなかった。あいつに写真を見せられるまではな。けどよ、あいつの顔はよくおぼえてるのさ。高校生でよ、親父をたらしこんだ女の顔てのが見たかったからな、二、三度、拝見に出かけたのさ」

伯父の家は八王子にあり、曙子達は、アパート暮らしで都内にいた。伯父が母の面倒を見るようになって、隣りにもう一部屋借り、母はそっちへ住むようになった。母が死んでからは、姉が住んだ。そうした因縁が、伯父とはあったが、竜雄の言うように、曙子達と伯父の家族とは、まったく往来がなく、お互いにまた寄りつける間柄でもないのだった。

「京都であいつを見かけたときよ、おれが、いたずらっ気起こすの、わかるだろ？　そんなときのよ、あいつの顔見てやりたかったのさ。そして、あいつに、言ってやりたかったのさ。おれは、鈴木の息子だってな。けど、言わずじまいで、ずるずる二年続いちまった。まあ、それはそれでいいってことよ。問題は、あいつが、それを知らずじまいで逃げたってことよ。だから、探したんだ……」

「探して……話したのね？」

「そうさ」

と、竜雄は、うそぶくように言い返した。

「その日……なのね？」

と、曙子は、竜雄をまっすぐに見た。

「姉が、死んだのは」

「そうだ」

竜雄は、平然とうなずいた。

「そうだですって？　よくそんな口がきけるわね。あなたが、殺したんじゃない！」

「そうだ、おれが、殺したんだ」

竜雄は、いささかも動揺した様子がなかった。

「死んで当然だと思わないかい？　親父に抱かれ、おれに抱かれ、そして……兄貴にまで抱かれたいと思った女だ。しかも、自分のおふくろを抱いた男に、うつつを抜かしたんだ……。死にたいと思うのは、ごく自然なことだ。まだ、思っただけ、人間的だよ。死なせてやるのが、あいつのためだ」

竜雄は、いどむように曙子を見た。

「兄貴が女を抱かないわけを教えろって、あんたは言ったよな。教えてやるよ。おれ達の意気地のないおふくろのせいだ。おふくろがそういう男にしてしまったのさ。……実際、おふくろは、あんた達母娘《おやこ》のことを、ヘビかゲジゲジみたいに言い暮らし、罵《のの》り暮らしてたような女だったからな……そんな母親に、べったり子供ンときから吹きこまれたんだ。おふくろにしてみりゃ、長男の兄貴が頼りだったんだろ。ほかに愚痴れる相手はない。ついつい兄貴がひっかぶっちまうんだな……ばかな女だよな、おふくろも。それが、家ン中を結局めちゃくちゃにしてるってことに気がつかないんだからな……自分も、女だってことにな。つまり、おれ達は、両方の女を見て育ったってわけさ。あんた達母娘と、うちのおふくろとな。……どっちの女も、くだらねえや。おれには、くだらねえって、よくわかるけどさ……くだらなきゃ、くだらないで、男と女。世の中、そうして渡って行きゃいい。人間、どっちにしたって、そう大したもんじゃない。もともと、くだらない生き物よ。ご大層な顔してみても、根はそうだ。おれには、そいつがわかるけどさ……わからねえのも、いるのよな」

竜雄は、篠竹《しのだけ》で編んだ煤《すす》だらけの天井を見ていた。

「つまり、泥ンこ暮らししてりゃ、世の中、泥ンこと思やいいのさ。それにまちがいはないんだからな。けど、兄貴は、そうじゃないのさ。泥ンこのなかにいたってさ、高いところがあるって、思ってる。空の上を眺めてるんだ。澄んだ、きれいな空をな。……兄貴ってのは、そういう男だ。くだらなきゃ、くだらないものですまそうってことが、できないんだ。だから、女を抱かないのさ。女がきらいなわけじゃない。いつも、空の女を見てるんだ。高い、澄んだ、空にいる女をな」

このとき、竜雄は、猛然とした眼を曙子へ向けた、と、曙子は、思った。

きらっとよぎった、光の矢のようなものを、曙子は竜雄の眼に見たような気がしたのだ。

「その兄貴がよ、おれに、こうたずねたんだ。あいつを、ここへ引っ張ってきた最初の日だった。『なんて名前だい？』って」

曙子は、びくっとした。

「……勿論、兄貴は、あいつの素姓なんか知っちゃいない。ただの女だと思ったのよ。ただの、おれのガールフレンドだとな」

短い沈黙があった。

竜雄はむしろ、それを独り言みたいな口調で言ったのだった。

「あの兄貴が、女の名前を聞くってことがどんなことか……あんたには、わからないだろうけどさ……。そりゃあ、奇跡みたいなもんさ」

竜雄は急に、今度ははっきりと曙子を睨んだ。

「そんなことが、あっていいかい。そんなことが、赦されると、あんたは思うかい」

「死んだって、当然だろ」

と、竜雄は言った。

「いや、死ぬべきだ。殺されたっていい女だ。兄が好きだ？　わかれてくれ？　冗談じゃないよ！　おれは、よっぽど、そのときに、おれ達の正体を、ぶちまけてやろうかと思ったんだ。だが、しなかったよ。もっといたぶってヤンなきゃ、こいつの罪は消えないと思ったよ。え？　そうじゃないのか。そうだろ。兄貴が……あいつに惚れるなんて、そんなことが赦されていいって、あんたは言うかい？　え？　おれは、この囲炉裏端で、あいつをたっぷり抱いてやったよ。兄貴は、表の窯場にいたさ。あいつがどんな声をあげるか、どんな女か、兄貴に聞かせてやったんだ」

姉が伏見から姿を消したのはその後だ、と竜雄は言った。

「映画館の切符売り？　笑わせるなよ。苦労は一人で背負って身をひいた？　ひっそり身をひそめて暮らしてた？　殊勝ぶるなよ。冗談じゃないや。そんなことで、あいつが赦されていい筈はない。おれは、丸一年かかって、京都中をしらみつぶしに探しまわった。あいつの行きそうな場所はしれている。そしてやっぱし、そんなところに、あいつはいたよ。結構気楽に暮らしてたぜ。早々と店じまいしてよ、独り酒を飲みに出かけた……いい気なもんだ。ほろ酔い気分で出てきたところを、とっつかまえてやったんだ。ああ、言ってやったさ。お前の好きな兄貴はな……」

「やめて」

曙子は、耳をおおった。

「言うべきことだ。あいつは、聞くべきことなんだ」

ガス管をくわえ、ふとんをひっかぶった姉の姿が眼にうかんだ。うかべながら、曙子は小さく震えていた。

炎よけの眼出し帽の奥にあったあの瞳を持つ男。どこかで見たと思った瞳。

(そうだ。あれは、まぎれもなく伯父の眼だったのだ)

伯父を想い起こさせる眼であった。

(姉は、伯父を、竜雄の兄の上に見つけたのだ)

そう思ったとき、涙があふれた。かなしみが渦をつくり、涙が全身にひしめくようにみなぎった。かなしみは眼に見えはしないのに、渦をまくさまがはっきり見えた。涙は瞳にあふれるものなのに、指の先からもふきこぼれるのが、曙子には見えた。

冬の山里は、瀬水のながれと囲炉裏ではじくほだ木の音しかしなかった。

のっそりと竜雄は起きあがった。

「こいよ」と、言った。

「おれは、約束は実行する男だぜ。あんたには、無理強いはしなかった筈だ。黙って帰れ、それがあんたのためだと言ったよな。おれがどういう人間かはあんたも物を書くひとなら、一目見てわかった筈だろ。わかった上で、あんたはここへ残ったんだ。あんたが選んだんだ。さあ、こいよ」

竜雄の頑丈な大きな体は、ためらいのないゆっくりとした動作で囲炉裏端に立ち、曙子を迎えにやってきた。

気がつくと曙子は、へ、つ、い、いのきわまでにじり退《すさ》っていた。横の壁にかかっている草刈り鎌が眼に入った。考えているひまはなかった。とっさに腕はそれへのびた。曙子は、はじめて鎌という道具を手につかんだ。冷えた柄の感触が、刃先を握っているような錯覚を起こさせた。

竜雄は、口の端で薄く笑った。盛んな男らしい微笑だと、曙子はそれを美しいと思った。うろたえているのは、曙子の方だった。

竜雄は腕組みをして、そんな曙子を楽しんででもいるように眺めていた。

「あなたなのね……昨年、劇場で女のひとを刺したのは」

竜雄は「おや」という表情をした。

「へえ。君は知っていたのかい。でも、妙だな……どうして、そんなことがあんたにわかる……？　あれは、おれのまちがいだったのによ。おれだけにしかわからない……まちがいだったのによ……」

「わたしも、見たからよ。姉の姿を、わたしも見たのよ。そして、あなたが刺したのもね」

竜雄は一瞬、さざなみだつような動揺の影を顔にのぼらせた。

「そうよ」と、曙子は、言った。「あの日、姉は劇場にきてたのよ。あなたが刺したのは、姉なのよ」

竜雄はふと、遠い眼の色になった。

「なぜ、あなたは姉を刺したの？　西陣京極で死んだ姉が、なぜ東京にいると思ったの？　あなたのことだもの。京極で、姉が死んだのは、ちゃんと確かめてらっしゃる筈よね。だのに、あなたは、刃物を用意して劇場にきた……。姉が、もしかして、生きてるんじゃないかと思ったんじゃないの？　西陣京極で殺しきれなかった姉を、刺しにみえたのね？　いえ、もしかして、そんなこともあるかもしれないって、思ったのね？　なぜなの？」

曙子は、身ゆるぎもしない竜雄から、眼をはなさなかった。

「もしかしたら、あなた……姉が、西陣京極で死んだ後も……どこかで、姉の姿を見かけるようなことがあったんじゃない？」

竜雄は、動かなかった。やはり淡い、遠いところに視線をあずけているような眼であった。

「殺しても殺しきれない姉……あなたのなかに生きている姉……そうなのね？　たとえば……この山科でも……見かけることがあったんじゃない？　はっきりおっしゃいよ。あなたは……姉を、好きだったのね？　愛してたと、なぜ言えないの？　お兄さんに心を惹かれた姉が、憎い、憎かったと、なぜ素直におっしゃらないの。赦せなかったのは、そのことだと、おっしゃればいいのよ！　だったら、たとえ生きてはいないにしたって、姉は満足して死んだわ。姉は、そういうひとなのよ。愛してくれる人がほしかったのよ。なにも望みはしないわ。心底愛して……ただその気持さえまっすぐに向けてくれる人がいたら……いたら、いたらって……そのことだけで生きてたようなひとなのよ。どうして、憎いって、言ってやってくれなかったの。憎いから、赦せないって、なぜ言って下さらなかったの。それを聞いたら、よろこんで死んだわ。あなたのために、死ぬことができたわ」

曙子は、竜雄がにやっと笑った、と思った。だが、現実には、竜雄はどのような表情も見せはしなかった。

「そうなのね？」と、曙子は言った。「あなたは何度か、姉の姿をその後も見かけた……たとえそれが幽霊だとわかっていても、あなたには、もしかして姉が生きてるかもしれないって気持が消せなかった……でも、ほんとうの目的は、姉の戯曲を舞台にかけたわたしに会いにみえたのよね？　そして、劇場に、姉がいた……」

「よせ」

と、竜雄は、にべもなく遮った。

「くだらねえ話に付き合ってるひまはねえや。あんたは、その服を脱ぎゃあいいんだ」

曙子は、鎌をつかみなおした。長い草刈鎌の刃は、今研ぎあげたばかりのように、手入れが行きとどいていた。

「『恥を知れよ、恥を』と、あなたは、姉におっしゃったわね。姉の、戯曲のことなのね？」

「よせと言ってるんだ。姉、姉、と、のぼせあがるな。姉の戯曲？　笑わせるな。あいつに、あんなものが書けるかよ」

吐き出すような口調だった。

「本気であんた、そんなことを考えてるの？　おれはまた、濡れ手に粟の上演料をたっぷりせしめてよ、ネコババきめてるのが気が咎めて、ご様子うかがいにでもおいでになったんじゃないかと思ってたんだがね……」

「竜雄さん」

「オ。うれしいね。おれの名前、おぼえてくれたね。今日は、その調子でお相手頼むよ」

「ふざけないで下さい」

「ふざけてるのは、あんただろ。あんたが割った風鈴代は、高くつくって言っただろ？　もともとあんた、他人の褌《ふんどし》で相撲をとったんだ。ネコババしてる上演料を、そっくり吐き出させてもいい人だ。けど、吐き出してもらったって、受けとる人間がいないんだから、まあそっちはよ、あの芝居を世に出してくれた世話料とでも思やいいさ。けどよ、恥知らずな行為は行為だ。他人の戯曲で、あんたは相撲をとったんだからな。それだけのことは、あんたにしてもらう。この窯の風鈴を割った損料としてな」

「教えてちょうだい。でも、あの戯曲は、姉の遺品のなかにあったものよ。筆跡も姉の書いたものよ。いいえ、筆跡だけなら、他人のものを写すってこともあるでしょう。でも、あれはそうじゃないわ。消し字や、書きこみや、傍線や、汚れ放題の原稿だわ。本人が書いたものじゃなきゃ、あんなふうに文字や、記号や、句読点やで……あちこちビッシリ、生《なま》で汚せるもんじゃないわ。書き足しの朱筆や、鉛筆や、万年筆や……あれはみんな、まちがいなく姉の字だわ。どうしてあれが、姉の戯曲じゃないとおっしゃるの？」

竜雄は、短い間、曙子を見ていた。

「待ってろ」

と、言って、そして奥の座敷へ上って行った。板戸を開けたりする音などが、ちょっとの間、聞こえていた。

やがて出てきて、ドサッと嵩《かさ》ばった唐草模様の風呂敷包みを曙子の前へ投げ出した。腋《わき》にも、古い木の箱を抱えていた。

「開けてみろよ」

と、彼は、風呂敷包みを顎《あご》でしゃくって、曙子を見た。

風呂敷包みは手にとるとき、少し黴くさい匂いがした。

木綿の結び目をほどくと、分厚い原稿紙を二つ折りにした束が出てきた。原稿紙は市販のコクヨで、黄色く色あせ、しみや折り目などがつき、右肩をヨマ紐で綴じてあって、ひどく古びた感じがした。

曙子は、最初のページを開いたとき、にわかに言葉を失った。

第一ページ目の書き出しは、

——『大内御所花闇菱《おおうちごしょはなのやみびし》』

　五幕十二場

と、題名文字が並んでいた。

そして、二行ほどあけて、『序幕』の脚本原稿がはじまっていた。通常の原稿書きには、題名と本文の間などに、作者名を記すのがならわしであろうが、この原稿には、それがなかった。

姉の姚子の書いた原稿にも、やはり作者名は記されていなかった。

それはともかく、比較してみなければはっきりはしないことであったが、姉の原稿と寸分たがわぬ文字が並んでいると思われた。ただ異なるのは、筆跡と、紙の新旧のちがいだけだった。姉の原稿紙の方が、明らかに新しかった。と曙子は思った。

曙子は、夢中で読み進んだ。内容は一字もちがってはいない、と思われた。まさしく、昨年の春、三宅坂の劇場で上演された『大内御所花闇菱《おおうちごしょはなのやみびし》』の戯曲原稿に相違はなかった。

「どうだい？」

と、竜雄は言った。

「それが、本物の原稿だ」

「本物……」曙子は、辛うじて平静を保っていた。

「そうだ。あいつは、それを引き写しにしただけだ」

「――――」

「書きこみも消し字も記号も……とにかく、なにもかもそっくりな」

「でも、どうして……」

「それは、あいつに聞くしかない。けど、あんたの話を聞いてると、大方の察しはつく。見てみろよ。朱筆も、鉛筆も、万年筆も、みんなその中にあるだろ。おそらく、この原稿をそっくりそのまま書きとったんだ。書きとった原稿を見りゃ、元のこの原稿紙の紙面が、そっくりそのまま頭のなかで再現できるようにな。つまり、この原稿が、あいつは記念に欲しかったんだ」

「記念？……」

「そうだ。想い出して、しのびたかったんじゃないのかい。この原稿を書いた人間をさ」

曙子は血の気を失っていた。

「だれ……」と、言った。だが、声にならなかった。「だれなんですか」

「鈴木清紀《きよのり》。おれの兄貴さ」

めまいがした。

「驚くのは、まだ早いぜ」と、竜雄は言った。

「確かに、この原稿は、兄貴が書いた。けどな、この芝居は、兄貴が作ったんじゃないよ」

「……なんですって……？」

「兄貴は、その人の言うとおりにさ、ただ原稿用紙に文字を書いただけだ。つまり筆記者だよな。書いたり消したり手を入れたり、みんなその人が口で喋るのをな、兄貴が原稿に写しとっただけだ。つまり、口述筆記原稿だ。だから、汚れ放題汚れてる……」

「だれなの……ね、教えて……その人って、だれ？」

「藤助さんさ」

と、竜雄は、応えた。こともなげな声だった。

「藤助さん？　あの……この窯の……」

「そうだ。風鈴焼きの藤助さんだ」

曙子は、絶句した。

「こっちも、見な」

と、竜雄は、二十センチ四方の虫の食った浅い底の木箱を開いて、曙子の手に渡した。ずしりと重い手応えがする箱だった。

よれよれの、これも変色した晒木綿《さらしもめん》に、その品物はくるまれていた。

古い青銅鏡なのであった。

鏡背はもえさかる炎に縁どられ、鈕座を持つ内輪は暗黒円に残されている。彫込みと線刻で炎を象《かたど》った円環装飾は、荘重麗美な古代情趣を伝えていた。

「『闇日輪』……」

曙子は、思わず呟《つぶや》いた。

「そうだ。闇日輪だ。あの芝居に出てくる鏡だ。中国渡来の名鏡だ。そして、あの芝居のなかで、呂雪《ろせつ》という笛方が吹く曲名の元鏡《もとかがみ》だ。藤助さんの家に伝わった鏡なんだ」

「え？」

「笛の名曲といっしょにな」

「笛?」

竜雄は、そうだ、と言った。

「藤助さんの先祖の名は、呂雪。笛方だ」

「なんですって?」

「昔、山口に住んでいたそうだ。藤助さんの代になって、この山科に出てきたんだ。それだけしか藤助さんからは聞いてない。自分のことを話すのは厭がった。ここへ窯を築いて、独りで風鈴を焼いてたらしいんだがな……どんな事情があるのか、おれ達にはわからない。おれ達が知ってるのは、その闇日輪の青銅鏡と、藤助さんが吹く『闇日輪』の笛の曲だけだ」

「笛を……吹かれるんですか、藤助さんは……」

「言っただろ。呂雪の子孫なんだよ。代々、藤助さんの家には『闇日輪』という曲が吹き伝えられてるんだ。藤助さんとおれの兄貴を結びつけたのも、その笛なんだからな」

曙子は、呆然と竜雄の話を聞いていた。

「兄貴が、このうしろの牛尾山へ登りにきた夏、ここを通りかかってな、笛の音を聞いたんだそうだ。それでつい立ち寄ってみたんだな。兄貴にゃ、笛は言葉だからな……」

「?」

曙子は、聞き咎めるように竜雄を見た。

「ああ、あんたには、まだ喋ってなかったよな。兄貴は、物を話さないんだ」

「ええ?」

「ひどい吃音者《きつおんしゃ》さ。つまり、どもりなんだ。子供ンときから、そうだ。矯正しようにも、本人にその気がないんだから、しようがないのさ。人前で、どもる顔を見せるのがいやなんだな。絶対にいやなんだ。だから、決して喋らない。喋らないけど、学校はいつも首席だぜ。大学までずっとそうだ。名前を呼ばれて、その返事さえできないんだ。いや、できないんじゃないんだ。しないんだ。けど、成績は首席だから、学校側もどうしようもないよな。そういう男なんだ、兄貴は。喋らない代りに、笛を吹く。子供のときから、笛を手放したことはない。だから、藤助さんと出会ったって、兄貴は喋りゃしなかっただろう。もっとも、必要なら筆談もできるし、そんなことは問題じゃないだろ。とにかく、『闇日輪』を、兄貴は習いたかったんだ。藤助さんにしたって、代々続いた家の曲を、自分の代で絶やすことになるんだからな。そんなところが、藤助さんと通じ合ったんだろうな。そのまま、ここに住みついちまったんだ。風鈴を焼くのに、言葉はいらないしな。ここにいれば、人と会うわずらわしさもない。藤助さんも、齢とって万事不自由だったしな、兄貴みたいな男がそばにいてくれりゃ、助かったんだな。ありがたい、ありがたいって……死ぬまで言ってよ。まあ、おれみたいな余計もんまで、転がりこむことになっちまったけどさ。兄貴に、風鈴焼きと『闇日輪』を伝えることができたのがありがたいって……この家も、窯も、土地も、畠も、遺してくれたのさ。そして、この戯曲もな」と、竜雄は、言った。

「もう手が不自由で、こまかい字を書いたりするのが億劫だったたんだ。それで、兄貴が代りに書いたんだ。こんな戯曲書くんだから、ただの風鈴焼師じゃないよな。現実と戯曲が、どこまで重なり合ってるのか……おれ達には、わからない。戯曲のなかには、実在しない人物も登場してるらしいけど……とにかくこれは、何百年か前、山口に住んでた連中の芝居だ。青銅鏡の闇日輪もな、大内末期、万里小路貞子から呂雪の家につかわされた渡来の鏡だそうだ。これは、現実なんだ。この青銅鏡と、呂雪の家に伝わる笛の『闇日輪』はな。……こんな戯曲が、あんたの姉さんにどうして書けるんだ？　これで、はっきりしただろ。あんたは、恥知らずなことをしたんだ」

竜雄はそして、つけ加えるようにして、言った。

「そして、あんたの姉さんもだ。この戯曲を、兄貴から写させてもらうときにな、あんたの姉さんは、そう言ったんだ。妹が芝居の仕事をしてるから、この戯曲を世に出す手伝いができるかもしれない。ぜひ妹に送らせてくれってな。ケ。なにが手伝いだ。兄貴の代りに、この原稿、抱き寝でもしてたんだろ。こいつを写しとると間もなく、いなくなっちまったんだからな」

竜雄は、「さあ」と、言った。

「これで、おれの約束は全部果たした。今度は、あんたが喋らなきゃあな。その体で、うんと喋ってもらうからな。こい」

竜雄は、一挺《いっちょう》の草刈鎌などまるで眼に入らぬ人間のように、ゆったりとした足どりで曙子の方へ歩いてきた。

黒い花やかな巨獣を見るように、曙子は、その男の肉体が美しいと思った。こんなに美しい肉体を持つ男を、曙子はほかに知らないのであった。

曙子は束の間、姉と闘い合っている自分の声を耳にした。

竜雄は微笑《わら》っていた。

綾野曙子が草刈鎌を持ちかえたとき、見た、それが男の最後の顔であった。

するどい刃は、次の瞬間、曙子の手で、曙子自身の下胸を抉っていた。

闇は、すぐにやってきた。

終曲　闇日輪

琵琶の弦が鳴っていた。遠くに、近づくともまた遠ざかるともなく鳴っているその弦に、呼応するかのごとく、一管の笛がからみついていた。
『大内御所花闇菱《おおうちごしょはなのやみびし》』の終幕は、その管と弦相競ううちに、啾啾《しゅうしゅう》たる女の泣声と共にあがる。
暗黒の舞台中央に、生霊・万里小路貞子《までのこうじさだこ》、乳母・古少将の二人、泣き伏している。
古少将『もうおやめなされませ』
貞子『古少将こそ、やめたがよい』
古少将『お望みかのうて、長の執着お果たしなされ、なにそのようにお泣き遊ばす……。闇が深うて……風の音さえもが、それあのように忍び泣き、おどろおどろしゅう聞こえまする。事果てし後のむなしさに、耐えがたのうてお泣きなさるか。それとも、罪のおそろしさに……怯えてお泣き遊ばすか。よもやあの、亡きお人のお身の上を……偲《しの》んで涙は流されますまい……（古少将は涙にくれる）』
貞子『えい、やめいと言うに古少将……（言いつつも泣く）』
古少将『ほんに、いつまで泣いたとて、霽《は》れるあてないこの夜の闇……』
貞子『（ふと仰ぎて）おお古少将。月が昇る……』
古少将『（顔をあげ）おお、ほんに。ありがたや。雲きり裂いて、七日の月が輝きまする……』

二人は、眩《まぶ》しげにうち仰ぐ。舞台に月光さしこんできて、明るくなる。それにつれ、虫の声にわかに起こる。

と、あたりはいちめん焼野が原にて、二人は第一幕第一場に同じ、大内本殿北の方屋形の焼跡に座している。柱と、わずかばかりの棟木など焼け残り、荒涼たる眺めである。

遠く琵琶の弦、しきりに聞こえ……。

古少将　『おお、月の光のさしこみたれば、虫も闇夜をいとうてか、なりひそめしを、それあのように一時に囃《はや》して鳴きまする』

貞子　『……人も滅び、家も絶ゆるに、なぜあの虫の声だけが、昔に変らぬ……（貞子は聞き入るが、ふと明るみ）のう古少将、おぼえていやるか。わらわが初めてこの大内に嫁ぎし夜じゃ……そう、そなたはちょうど、そこの辺りに座っていやった……（貞子は立ち上がる）わらわは、ここ……いや、この辺りか……』

古少将　『（も、つりこまれて）いえ、お方さまは、縁の手摺《てす》りにお凭《もた》れなされておいでてござりましたれば……そう、この辺りになりましょうな……』

貞子　『おおそうじゃ。ここであった。ここの手摺りに手をおいて、こうしてお庭を眺めたのじゃ……（想い出の態《てい》にて笑む）でもまあ、殿にまみえる初めての宵じゃと言うに、のう古少将、なんであのようなこと思いついたのであったろうな……』

古少将『はいなあ。お方さまには、戦支度《いくさじたく》の義隆卿がぜひにも見たいとおねだり遊ばし……』
貞子『じゃが古少将。殿にはすぐにも快う、お聞き入れ下されたではないか』
古少将『はい、さようでござりましたな。お優しい、末頼もしい殿御ぶりでござりました。お二人共に初々しく、それはもう端《はた》で見る目もまばゆいばかり……』
貞子『ほんに、凜々《りり》しいお姿であった……』
古少将『あの蘇鉄《そてつ》の辺りの茂みの陰から、装束召されてにわかにお顔をお出しになり……（いそいそと）こうでござりましたな』
貞子『いや、もそっと下《しも》じゃ。お池の汀《みぎわ》じゃ』
古少将『おおそうでござりました。金作りのお腰の物が、ぬれぬれと水面《みのも》に映えて……』
貞子『萌葱縅《もえぎおどし》の腹巻に、金襴《きんらん》の弓小手さされ、金の刀に太刀添えて佩《は》き、烏帽子《えぼし》に白きお鉢巻き……』
古少将『小弓に染羽の矢まで負われて……』
貞子『（涙ぐみ）古少将』
古少将『お方さま……』
二人は、浮き立ちし心も急に消え失せ、涙にくれる。
貞子『有為転変の時は移るに……なぜあの虫だけが、昔のままに鳴きすだく……』

古少将は、声もなく伏す。琵琶の弦、やや近づき、古少将、ふと顔を起こす。

古少将『お方さま、またあの琵琶歌が聞こえまする……』

貞子も、じっと耳を澄ます。

貞子『陶隆房が弑逆《しいぎゃく》の、胸の内をせつのう歌うて泣くと言うは、あの琵琶師か……』

古少将『はい。なんでも去年の秋方より、すでにお屋形滅ぶるを予言して、山口の街とは言わず近郷近辺村里を、物乞いの姿にやつし面を隠して、流し歩く琵琶法師げにござりまする……』

貞子『いかにも哀しげに、歌やるのう……』

古少将『あれお方さま、お聞きなされませ……義隆卿、深川《ふかわ》の森大寧寺にてご自害遊ばせし折りの模様を、あれあのように歌うております……（古少将は歌の文句をなぞらいつつ、口に出して）へいったん舟にて海へ漕ぎ出し給えど……にわかに一天かき暗み、ご武運なきや風浪さか巻き……櫓櫂《ろかい》を砕き舳先《へさき》を破り、わが命脈も早やこれまでと……涙をのみて舟返させ給い……落行く先は大寧寺……』

琵琶の弦、と絶える。

古少将『お方さま、琵琶歌がやみました……』

貞子『古少将。参ってみようぞ』

古少将『はい。まだ遠くへは参りますまい』
貞子『古少将。来や』
二人の姿は、歩み出すかと思う刹那に消え失せる。虫の声のみ後に残って……。
と、戦支度の名残りの鎧着たる陶隆房、家人重左エ門《けにんじゅうざもん》ほか五、六名の家臣を従え、花道より登場する。
隆房『(家臣を見返りて)その方等は、大殿大路口《おおとのおおじ》にて待て。荒廃の都を昔のままの姿に戻すは至難の業ぞ。軍《いくさ》終りたりとは思うなよ』
家臣等『ハハア』
家臣達は去る。隆房と重左エ門、焼跡に立つ。
重左エ門『築山御所焼け落ちてより早や旬日《じゅんじつ》。御筆頭職には、夜毎こうして焼跡に立たれ、一時《いっとき》を打ち過ごされてござるは……』
隆房『深い仔細などありはせぬ』
重左エ門は、隆房の心底推しはかり、ひそかに目頭に手をあてる。
隆房『(見あげて)上弦の月じゃな』
と、琵琶の弦、再び起こる。
隆房『(ふと身じろぎ)あの琵琶は……』

重左エ門『いつぞやお話申し上げた、あなた様のご苦衷を、思いの丈《たけ》に打ち明けて弦に托し語り歩く琵琶法師かと存じまする』
隆房『では……あの弦が、そうか……』
重左エ門『はい。人伝てに聞きますれば、歌の心根胸に迫り、人から人へ、御筆頭職のお心をつぶさに訴えて廻りますとか……』
隆房『……おお、近づいてくる。(重左エ門を見返りて)重左エ門』
重左エ門『(心得て)は』
重左エ門は、急ぎ下の方へ去る。琵琶の弦しきりに聞こえる。隆房は身動きもせず、耳傾ける。
と、その背後に、貞子と古少将の生霊現われる。貞子は懐剣を構え、鋭く隆房の背を突いて出る。
貞子『隆房、許せ』
隆房はこともなく身をかわし、驚きて、
隆房『あなた様は……』
貞子『殿のお恨み……』
貞子は再び突いてかかるを、隆房、無言にて斥《しりぞ》け、上より突き放す。貞子はよろめきて空し

く倒れる。古少将走り寄り、
古少将『お方さま』
貞子『……これでよい。よいのじゃ古少将』
古少将『お方さま……』
二人抱き合う。と、突然、夜烏《よがらす》の大群、舞台をつつみ擦過する。その刹那、二人の姿も共に消える。
隆房『（訝《いぶか》しげに）さては、生霊であったるか……』
隆房は呟きて、闇の方をすかし見る。虫の声のみ高くして。琵琶の弦、さらに近づく。下手より重左エ門。
重左エ門『あれに参るようでございまする』
隆房『重左エ門』
隆房は目顔で重左エ門を促し、上手へ去る。やがて下の方より、琵琶師。弾じつつ出る。うち汚れし衣に、頭巾をかぶり、首に頭陀袋《ずだぶくろ》をかけている。琵琶師は、つと弾きやめて、頭巾を脱ぎ、それにて徐《しず》かに涙を拭う。
琵琶師『（感慨深げに焼跡を眺め、独語する）……これが、この山口の都ともしばしのわかれ。父上。とうとうご本懐なされてでございましたな。お辛《つろ》うございましたろう。せめてお顔なりとも、今一度、遠見に拝見して参りとうはござりましたが、未練はすっぱり捨てました。山口を出て、行脚《あんぎゃ》の旅に立ちまする。去年の秋、黙って家を出ました折りに、心は決めた積りでおりましたのに……日毎夜毎、父上の夢を見ます。この一年、大事のさ中に家を捨て、姿打ちくらました不幸の子を、お見捨てもなく、手を尽し心にかけてお探し下されたことも、よう存じてはおりましたなれど、いったん心に決めて選びし道……もう引き返せは致しませぬ。この琵琶が、それをさせませぬ。父上が、自らの手で、惜しげものう闇から闇へ捨て去られた真実《まこと》の深いお心を、人に語り、人に解ってもらいたいのでござりまする。詮《せん》ないことと、おっしゃりましょう。詮ないことと……私も存じておりまする。未練なことども、きっとお叱りでござりましょう。でも、私はそれをする積りでござりまする。生涯かけて、己を全うする道はこれぞと、私は心に決めたのです。おやさしかった母上に、お側にいてのご恩返しはできませなんだが、これが……これが、私の親孝行じゃと、思うてお許し下さりませ……』

琵琶師は、静かに月を仰ぎ、座して琵琶をとる。眼をとじて、歌の詞《ことば》を探す風に瞬時心を凝《こ》らすかに見え、やがて狂おしげに弦搔き鳴らして歌う。

琵琶歌『〽……歴史は長く末の世までも、弑逆《しいぎゃく》非道の逆臣なりと、書き残してぞ伝えんことこそ、口惜しけるや口惜しけれ……』

琵琶師は、言葉なく、しばしの間身を打ち震わす。やがて、涙を払い、立ち上らんとして、ふと何かに気づく。焼跡の中より拾い上げ、一箇の風鈴とわかり、瞬時見入る。と、にわかに強くその風鈴を握りしめる。琵琶師は、いとおしげに耳へ近づけ、微《かす》かに打ち振る。

琵琶師『(熱く)雪絵殿……』

が、琵琶師は、その思いを絶ち切るごとくに、風鈴を焼木の柱に吊し掛け、その場をはなれんとする。上手より隆房出でて、

隆房『月房、待て』

琵琶師は驚きて振り返る。重左ェ門も走り出て、

重左ェ門『ご総領……』

琵琶師、息をのむ。間。琵琶師は、わなわなと打ち震えるが、やにわに翻《ひるがえ》りて走る。

隆房『(必死にて)待て、月房』

琵琶師、花道にかかりてとまる。短き間。

琵琶師涙にぬれそぼち耐え、

琵琶師『お人ちがいでッ……ござりましょう……』

琵琶師は前を向きたるまま、激しく走り去る。

隆房『月房……』

重左エ門は、よろよろと膝をつく。虫の声すだき、月光は澄む。
遠くに起こる琵琶の弦と、終始その弦にからみつく笛の音息《ねいき》が、ひろびろと夜闇《よやみ》をながれるとき、終幕の幕はおりる。

曙子は、その管の音を耳にしながら、息絶えた。『闇日輪』の真の笛を一度聞きたかった、と彼女は思った。

ちょうど、焼物の土を積んだ鈴木清紀の運転する車が、山科の里へのり入れた時刻であった。里は、冬の陽の山木立ちの淡い影で飾られてでもいるようだった。

『大内御所花闇菱』・脱落ノート

ノート

作中の戯曲『大内《おおうち》御所《ごしょ》花闇菱《はなのやみびし》』について、作品の構成上、脱落を余儀なくした主要な幕や場があり、読者諸兄姉にはご不満の向きもあろうかと思われるので、一篇の戯曲をとりあえずノートという形をとって、形態の上でだけでも完成させ、筋をとおしておくことは必要かもしれない。

曙子も、姚子も、竜雄も、清紀も、無論その他の登場人物達もみな、この脱落部分の幕や場は現実に眼にしていることでもあるし、一人読者諸兄姉にのみそれを伏せてこの作を終るのは、わたくしとしても本意ではない。よって、ここにノートとして補足付記することにした（但し割愛した場もあることをお断りしておきたい）。

作者

第一幕第二場

（『風鈴おさめ』の場に続くもの）

築山御所裏庭。同じ日の深更。

鬱蒼《うっそう》たる木立ち。上手奥の樹間に御殿外囲いの高石垣の塀の一角見え、潜り戸あり。塀の外は濠川《ほりかわ》。水音聞こゆ。ときどき梢《こずえ》の闇をわたる夜烏《よがらす》の羽撃《はばた》きして、物の怪《け》の如し。と、下手竹藪の奥より上臈《じょうろう》・益山、手燭《てしょく》をかかげて出、あたりを見まわす。呼応するかの如く、上手樹林より義隆の近侍・清《きよ》ノ清四郎《せいしろう》現われ、

清四郎　『（闇を透かし見て）益山様か』

益山　『おお、清四郎殿か』

益山はふっと手燭の灯を吹き消して、清四郎へ近寄る。

益山　『して、御首尾は何とでござりましたな』

清四郎　『どうやらお前様のご推察通り……』

益山　『おお、やっぱり……』

清四郎　『左様。殿には昨年、わずかのお供を召し連れられ、滝の法泉寺越えに北の山へ狩を

遊ばした折、はげしい雨に降りこめられ、宮野の里で雨宿りをなされました。たしかその折の小屋の主《あるじ》が、土器風鐸《ふうたく》の類いを焼く焼物職。親一人、娘一人の侘び住まいにござったと記憶しまする』

益山『そのお話、真実《まこと》でござりましょうな』

清四郎『いかにも。茶を汲んで出た娘の鄙《ひな》にはまれな顔形、殿にはえらくお気に召されて、近習のわれらも遠ざけられ、お二人きりで一晌《いっとき》を過ごされたかに存じてござる』

益山『何。お二人きりで一晌を……。すりゃ、やっぱりあの娘、ただの女《おなご》ではないとにらんだが、そうであったか』

清四郎『なれど、殿のお戯れは一時《いちじ》の気晴らし。まあることでござる。山家《やまが》育ちの鄙の香り珍しさに、浮かれ心を移されたまでのこと。もはやその折の娘のことなど、跡方もござりはしませぬ。お気になさることもござるまい』

益山『清四郎殿には、何を言われる。そのような曰《いわ》くある女を、お屋形近くに近づけるでさえ不謹慎なるに、こともあろうに御本殿総取締りの夏尾殿が、ぬけぬけと自らの部屋に召し抱えてでござりまするぞ。かりにも北のお方様にお仕えする身でありながら、お方様ご不快の種《たね》とも根ともならん女を、密《ひそ》かに手中におさめるとは……テもまあ、おそろしい腹の底。こりゃ容易ならぬ企みごと。もとをただせばあの夏尾、ご離別なされた貞子の方様が御本殿の時よりのお局筆頭。お役目柄とは言え、手の平返したる如く、現在が北のお方様へ取り入りしは、油断のならぬと思うてきたが……案にたがわずこの始末……獅子身中の虫とはこのことよ。(益山、思い入り) ことによったら……』

このとき、烏、騒ぐ。二人はぎょっとして身構える。

益山 『(頭上を振り仰いで) えい、いまいましい夜烏めが』

清四郎 『(空景気《から》に) お庭内とは言えこのあたり、さすがに淋しうござりまするな』

益山 『お扈従勤《こしょうづと》めのお前様には、日頃は縁のない御所の裏。この森は、昼でもめったに日は射しませぬ』

清四郎 『(闇の方を透かし見て) 益山様。なにやらあれに……おお、明かりが近づいて参りますぞ』

益山 『(も、見て) 手筈《てはず》どおりじゃ。では、清四郎殿。おあとはしかと、頼みましたぞ』

清四郎 『(うなずく)』

二人は、手さぐりにて上手下手へ別れて入る。烏の羽音、ひとしきり闇をふるわす。と、花道より、雪絵《ゆきえ》。提燈《ちょうちん》の火を袂にて隠す如くに包み、あたりを窺いつつ急ぎ足に出《い》ず。

雪絵 『(心細げに) 日頃は気にもとめなんだが、御所のお庭の広いこと……底無し沼に引きこまるるような……果てしもなければ、限りもなし……はて、この道でよいのやら……。狐狸《こり》が潜むか、魔が棲むか。行けどもつきぬ漆の闇。それにつけても恨めしいは、今宵の空……明後日は後《のち》の名月で、香積寺《こうしやくじ》にて観月の御催しさえあると言うに、月も隠れて星だに見えず……』

雪絵、恐々《こわごわ》と舞台にかかるとき、鳥の羽撃き。雪絵は思わず身を伏せる。

雪絵『アレェ……』

雪絵、怯えきって動かず。やがて、手さぐりで提燈を拾いあげ、気をとり直して、一枚の紙片を懐より摑み出す。灯にかざして、

雪絵『(読む)「今宵子の刻、築山裏の森かげにて」……はて、幾たび読んでも同じ文《ふみ》。誰のしわざか知らねども、もしやと心急かるるままに、ここまではきたれども……(じれったげに)エエ、鬼でも蛇でも構いはせぬ。もしこの文が(と昂《たか》ぶる声を、思わずのんで、あたりを見まわす)……思う望みの文ならば、一目だけでもお目もじ叶うて、お恨みも忘りょうものを……(急にまたじれったげに)夏尾様も夏尾様じゃ。折をみて、必ず殿にお会わせ下さると、あれほどしかとお約束なされてじゃに、待てど暮せどその気ぶりさえお見せにならぬ。このこと誰にも気どられるなと、堅く口どめなされてあれば、今日が日までは辛抱はしたれども……もう辛抱はできぬ、できぬ(と、一人身をもむ。が、ふと不安げに)いや、待てよ。もしやしてこの文は、誰かがつけた悪戯文《いたずらぶみ》……(雪絵、あたりをそっと窺う)……それにつ

けても、このあたりに、人の待ちたる気配もなし……（雪絵、ハッと振り向きて提燈を突き出す）気のせいか……』

雪絵は、そのまま二、三歩後向きに退るうちに、闇中に立ちたる清四郎と突き当る。雪絵、反転しながら、声をのんで明かりを振りかざす。

雪絵『（身構えつつ透かし見て）お前様は……』

清四郎『お見忘れか』

雪絵『（首を振りつつ、後退《あとずさ》る）』

清四郎『（近寄りつつ）昨年の秋、宮野の森にて狩の帰るさ、お身の住まいに一晌《いっとき》の雨をしのいだ……それ、この顔を覚えてではござらぬか……』

清四郎は、不意に雪絵の手から提燈を奪い、おのれの顔に近づけて照らす。

雪絵『……オオ、ではあの折の……ご近習衆……』

清四郎『想い出して下されたか』

雪絵『はい。では、お前様があの文を……』

清四郎『いかにも』

雪絵『（小躍りせんばかりに）すりゃ、あの、このわたしをお屋形様に……』

清四郎『しっ。声が高い。（清四郎は、提燈を手近の幹の裂け目にさしこみ、雪絵に近づく）

次第によっては、お会わせ申そう。じゃが、その前に聞いておきたいことがござる』
雪絵『はい。何なりとも』
清四郎『(更に近寄り雪絵の手をとる)本日の風鈴おさめのかの騒動は、お身一人の心から出たことではよもござるまい。そうであろう?』
雪絵『はい。今は亡き父親《てておや》の思いを叶えてやりたさから……』
清四郎『すりゃ何ゆえもって、風鐸《ふうたく》を打ち割りしぞ』
雪絵『ただひたすら、お屋形様へお会いしたさの一心から……』
清四郎『なんと』
雪絵『いえ。かの風鐸を打ち割って、騒ぎになればもしやして、お屋形様のお目にもとまらぬかと……』
清四郎『おとがめを覚悟の上の狼藉と言われるか』
雪絵『はい』
清四郎『おとがめどころか、お手打ちになるは必定《ひつじょう》じゃぞ』
雪絵『それも覚悟はいたしました。今一度お目もじさえ叶うなら、死ぬことなぞ厭《いと》いはしませぬ』
清四郎『雪絵殿。(清四郎は、にわかに雪絵を抱きすくめる)それほどまでに殿にお会いなされたいか……』

雪絵『(もがく) アレ、何をなされます……』

清四郎『(いよいよ強く抱きしめて) 殿にお会いしとうはないのか……』

雪絵『(必死にふりほどかんとしつつ) アレ、ご無体な……お放しなされて下さりませ……アレそのような……エエ、てんごうを……』

と、揉み合ううちに、雪絵は機を見つけ下の方へようやく逃れる。と、その行手に益山、出でて立ちふさがる。

雪絵『オオ、これはお局様……』

雪絵は、思わずとりすがるを、益山振り払いて突き放す。

益山『それ清四郎殿。何をなされておいでなのじゃ。たかが小娘一人、よう首尾できずにもてあまされて。長年殿のお閨《ねや》に侍《はべ》って、女の扱いを忘れられたか』

清四郎『なんの。これしきのこと……』

益山『お家のためじゃ』

と、三人三様に巴とからんでもつれ合う。このとき、一段と烏騒ぎ、揉み合う三人の上に数羽舞いおりて、とび交い暴れる。そのはずみで、提燈の火吹き消され、真の闇となる。

三人、だんまりの形となる。

　と、下手奥の繁みより夏尾、音もなく現われて、懐剣を抜き、だんまりに分けて入る。夏尾、無表情に雪絵の胸深く刃を突き刺し、再びそっとだんまりを抜け、下手へ忍び去る。

　やがて、薄く月光が射す。

益山『おお、折よいところに、月の光じゃ。さあ清四郎殿、時を移した。お急ぎなされ』

　と、益山は清四郎をかえりみて、雪絵に気づく。

益山『ややや、これは、何としたことぞ』

清四郎『(も、気がついて、雪絵の胸の短剣を見る) すりゃ、女めには自害したるか……』

益山『ええ、いまいましい。すんでのことで、夏尾が企み、この手であばく生証人を……』

清四郎『思いのままに操る手だてを打ち逃がしたか……』

　二人、無念げに顔を見合わす。やがてうなずき合い、雪絵の屍体《したい》を塀ぎわへ運び、潜り戸から外の濠へ投げ落す。水の音高くして、夜烏啼《な》く。

益山『かけがえのない生証人を、むざむざと殺したは残念じゃが、これで夏尾が企みの、禍《わざわ》いの根もともかく消えた。思えばかえって、怪我の功名』

清四郎『では益山様。身共はこれにて』

益山『今夜のことは、他言ご無用』

清四郎『心得てござる』

清四郎、上手へ急ぎ入る。
益山も去らんとして、しかしぎくりと立ちすくむ。
夏尾、手燭をかかげ、涼しげなる顔にてこのとき林より出ず。
両人、見合う。
夏尾『益山殿には、この時刻、お供も召されず、お月見でもござりまするか』
益山『(狼狽をおし隠し)これはまた、夏尾殿こそ、いずれへお渡りなされます』
夏尾『(そ知らぬげに木の間を仰いで)秋立つとは言え、夏の名残りについ寝そびれて、涼をもとめてふらふらと……』
益山『(も、負けじとわたり合う)ほんに、残《のこ》んのお暑さ、おたがいさまにござりまする……ではわたくしは、これにてごめんを蒙《こうむ》りまして……まあごゆるりと、お庭見物なさりませ』
夏尾『お足もと、お気をつけて』
益山『ごめんなされて下さりませ』
益山は、さりげなさを装いつつ花道へうちかかるとき、突然ハッと何ごとかに思い当って、振り返る。
夏尾は、薄く笑みをうかべて立っている。益山、思わず口を開きかけて、かろうじてそれに耐える。

益山『（無念げに、しかし色には出すまいとして）……では夏尾殿、ひと足お先に……寝《やす》ませていただきますする』
夏尾『お心しずかに、御寝《ぎょしん》なされませ』
夏尾、泰然と益山を見送る。
月光、しきりに木の間を流れて……。
幕。

第二幕第一場

山口、陶隆房の居宅。

簡素なる内にも大内家筆頭家老の風格を備えし茶室風の離れ座敷。

床に雪舟の画軸かけてあり。絵の中央上から下へ、一筋肉太の墨線走りたるが人眼を引く軸物なり。棚に鼓。炉の釜に湯わきたちて、庭に植込み、置石などあり、築地塀《ついじべい》にて囲まれてあり。座敷の障子はあけ放され、奥にも庭の一端見ゆ。

淡い月光。

前の場より五日後の夜。

陶隆房、濃密なる虫の声に埋まりて庭におり立ち、抜身の刃を月光にかざし凝《じ》っと見入りたる態。沈鬱なる面持ち。
下手廊下伝いに妻・りゅう出でて、隆房の様子に声をのむ。やがてそっと目頭をおさえ、物しずかに座敷へ入り、炉釜にむかいて坐す。
隆房『(ふと我に返りたる如く)りゅうか』
りゅう『はい。夜露はお身に障りまする。一服たてましょう』
隆房『おお、それはありがたい』
隆房、縁先へ戻り、刀を鞘へおさめる。
りゅう『(点前《てまえ》しつつさりげなく)お考えごとのお邪魔をしてはと存じましたが、杉様、内藤様、先ほどより奥の間にて待ちでござりまする……』
隆房『よい。待たせておけ』
りゅう『……なにやらひどうお疲れのご様子。それればかりが気にかかってなりませぬ……』
隆房は無言にて、庭の夜へ眼を放っている。
りゅう『聞きますれば、昨日今日と、築山御所ではまた犬追物《いぬおうもの》、笠掛《かさかけ》、丸物《まるもの》に打ち興じたご趣向が続きますとか……』
隆房『(独言の如く)よく啼くのう……』

りゅう『(茶の手をとめて隆房を見る)え?』
隆房『無心に啼いておる……』
りゅう『(ようやくのみこめて)ほんに、もうすっかり秋でござりまするなあ……。心なしか、今年の虫は、悲しげな声に聞こえてなりませぬ……(りゅう、再び目頭をおさえ、茶を持ちて縁に出る)熱いのが入りました』
隆房は黙して一息にそれを飲みほす。
りゅう『……(想いを馳せる如く)そうでござりましたな……あの夜も、この庭いちめんすだくような虫の音でござりましたな。義隆卿には、お供も召されずご乗馬にてこの屋敷へのりつけられ、隆房と二人してあの月を賞《め》でるのじゃと仰せられて……』
隆房『もう、よい』
りゅう『あの折のお二人は、はたで見る目もお睦《むつ》まじい、まるで兄と弟のように……』
隆房『よいと申すに』
りゅう『(深く)わかっております。あなた様が、誰よりも殿をお慕いなされておいでのことは、このりゅうが一番ようわかっております。……誰にわからずともよいではござりませぬか。このりゅうが知っておりまする』
隆房『……』

りゅう　『あなた様がご辛抱は、この胸の内切り刻んで、りゅうが心にたたみこんでございまする。ここで生きておりまする。どうぞ、どうぞご短気は遊ばしませぬよう……（絶句する）』

隆房　『……存じておったか』

りゅう　『……はい。また御殿中にて、なにやら由《よし》ないことのございましたとか……』

隆房　『（暗く吐く）忍び難きも、忍べるだけは忍んできた……（隆房、立ちあがると再び庭の中央へ出る）じゃが、それもこれまで』

りゅう　『（ぎくと顔をあげる）旦那様……』

隆房　『陶隆房、この大内家を護《まも》る家老職じゃ。我一人《われいちにん》の武人の面目どう潰さりょうとも、御家安泰なれば、それが第一。私恨の無念など、言いはせぬ。じゃが、その御家が……（隆房、眼に苦渋の色を刻みて言葉を断つ）』

鋭き琵琶の弦入りきたりて、

琵琶歌　〽月に叢雲《むらくも》　花に風……権謀術策渦をまき　小人内《しょうじんうち》にはびこれば　忠勲臣の名も地にまみれ……花大内菱も今が末　疑心暗鬼の阿修羅《あしゅら》が巷……

この間に舞台、隆房のみを残して急激に暗転。

歌終ると同時に、上手闇に相良遠江守武任、禰宜民部丞右延《ねぎみんぶのじょうすけのぶ》、吉田若狭守興種《よしだわかさのかみおきたね》、正装にて現わる。
琵琶騒乱の弦、背後に流れていて……。
民部『控えられませい。御上意にござりまするぞ』
隆房『何、御上意とな（息をのむ）』
若狭『いかにも。相良遠江守殿、殿のご名代により、貴殿を御糾弾に及ばれまする』
隆房『御糾弾？（隆房は突然、からからと高笑す。やがてふと、きっとなりて三人を睨《にら》みすえる）ばかも休み休みになされませい』
隆房、座を蹴って立ちあがる。
武任『（威丈高に一歩進み出で）尾州《びしゅう》殿。狼藉は許されませぬぞ。これこの通り、御上意の趣き、武任が承っておりますのじゃ。（武任、上意書を高々とふりかざす）』
隆房『（震えし声にて）何と……。（隆房はわなわなと膝をつく）すりゃ真実……殿にはこの隆房を……』
武任『御上意』
隆房、がっくりと手をつき、面を伏せる。
武任、おもむろに書状を開きて読みあげる。
武任『陶尾州守隆房糾弾のこと。一つ。其方《そのほう》、昨今当家家老職、杉、内藤両名を交え、屋敷内にて、度々密談の事実これ有りしこと。一つ。其方、先頃郷里富田《とんだ》の在より、あまたの家臣を呼び集め、あまつさえ、武具兵器の整備これ有りしこと。右の条々、不審につき、茲《ここ》にきっと詮議あるべし。仔細糾弾の状、件《くだん》の如し。(武任、書状を反《かえ》して)さて、尾州殿。御返答を承ろうか』

隆房『(必死に心を抑え)……奇っ怪千万なる御不審沙汰なれど、御上意とあらば申し上げる。拙者、郷里富田の在より家来を集めし儀は、明年二月、氷上山興隆寺妙見菩薩御祭礼の大頭《だいとう》役《やく》を承ってござれば、器用の者、役向き万端相定め申すそのための準備ゆえと御承知おかれい……(途中より次第に昂ぶりを示しつつも、抑えんとして)まして、武具兵器の類いについての御不審の儀は、もっての外《ほか》。この戦乱の世に、侍が剣を磨き、槍を研ぐに、何の不思議がござろうぞ。武士たる者の勤めでござる。おのおの方には、武人の性根をいずれに忘れておいでなされた! さて、杉、内藤の儀は、両人共に御家重代の家老職。手前屋敷で歓談いたすは、昨今に限ったことではござらぬわ。密談などとは、慮外千万。何をもっての御不審なるか、その理由をこそ承りたい!』

隆房、無念の形相にて両眼カッと瞠目《どうもく》する。

琵琶歌 〽げに獅子身中の虫なるは　相良遠江武任と　心はつとに逸《はや》れども、君が衣の袖垣《そでがき》に
　隠れてあれば詮もなし……

舞台、再び元の居宅内に戻る。
両眼カッと見ひらきている隆房。
隆房『(低く吐く)……相良武任、このままには捨ておきはせぬ』
りゅう『(身をすくめ)では、やっぱりお前様は……』
隆房『斬る。(沈鬱に)斬らねばならぬ』
りゅう『旦那様……』
隆房『それが忠義。隆房が今、御家に残せるたった一つの至誠の道じゃ。武任風情と、この大内譜代の筆頭家陶をつぶして相対死にするは無念じゃが、それも大儀にはかえられぬ。家中は紊《みだ》れ、反目し合い、中傷、裏切り、賄賂、野心横行してひしめき合うも、みな武任が専横の限りをつくせし振舞いがため。義隆卿には、幾たびお諫《いさ》め申し上げても、ここの道理がお悟りになってはもらえぬ。このままでは今に、家中の心ある人材は、みなお屋形様から離れて行くは眼に見えておる。何としてでもこの隆房、大内家の武士道だけは護り通さねばならぬのじゃ。(自らに納得させでもする如くに)何としてでも』
りゅう『……もうとめだてはいたしはしませぬ。大内磐石《ばんじやく》のためにこそある家老職、この陶《すえ》のお家をかけての御決心、どうとめだてもできますまい……』
隆房『許せよ』

りゅう『旦那様』
りゅうは縁先へくずおれる。
と、下手より隆房の長男（養子）・月房《つきふさ》、出ず。
月房『これにいらっしゃりましたか。父上、お客様方、痺《しび》れを切らしてでござりましょうぞ』
隆房『そうか。今、参るところじゃ』
月房は、瞬時何か物言いたげな素振りを見せるが、すぐに会釈して去らんとする。隆房、呼びとめて、
隆房『月房』
月房『はい』
隆房『ここへきてかけるがよい』
月房『はい。では、お邪魔をいたしまする』
隆房『（しみじみとした口調で）のう、月房。お前がこの陶の屋敷にきて、早や幾年になるかのう……』
月房『はい。私が十歳の春でござりましたから、もう八年になりまする』
隆房『八年か……（感慨深げに）そうさな。そうなるのう……（隆房は、独りうなずいて）そうであった。義隆卿には従三位に昇らせられ、初めて御念願の公卿の列に入らせ給うた頃

であった……（ふと、独語する）この八年は、長かった……』

月房『父上にはちょうど、雲州尼子陣《うんしゅうあまこ》を蹴散らされ、安芸《あき》の友田、武田を下したる余勢を駆られて、お家をあげての出雲総攻略の遠征においでになり、長のお留守をなされていた時期でござりました』

隆房『（懐古する風に）そうであったな……』

りゅう『芸州赤穴《あかな》の御陣地へ、月房の便りもそえて、無事養子縁組落着の次第、おしらせしたかにおぼえております』

隆房『うむ。そのようなことがあった……。思えばこの大内も、あの頃までが花であった。（懐しさ徐《しず》かに堰《せき》をきる如く、笑む）額に青筋うきたてて、夜を徹しての軍評定《いくさひょうじょう》、幾たび殿と相重ねたか……あの頃の殿は、いかにも雄々しく、戦国の世の武人の総帥たるにふさわしい、精気にあふれておいでになった……（ふと思いをさまよわせ）或いは……』

りゅう『え？』

隆房『いや……急に、そのような気がしたのじゃ……』

りゅう『何でござります？』

隆房『……（誰に言うともなく）そう言えばそうじゃ。この八年の歳月は、殿にとられては、めざましいご出世の月日……年毎に官位の道を昇りつめられ、従三位《じゅさんみ》、侍従《じじゅう》、正三位《しょうさんみ》、兵部《ひょうぶ》卿《きょう》、従二位《じゅにい》……そしてとうとうこの夏には、太宰権少弐《だざいのごんのしょうに》、太宰大弐《だざいのだいに》という破格の位にまでお昇りなされた……すればこの八年、われがたち向こうてきたは、或いはその官位という……眼に見えぬ化物ではなかったのかと……。公家の位、公家の誉、公家の勲章……それこそが、この隆房の真実の相手……対《むか》いし敵……ではなかったのかと……。(しかし隆房は、不意に笑いに打ち紛らす)いや、よそう。言うも愚かなことよな。こうして親子三人、打ち連れだって水入らずに語らうも、何やらずいぶんと久しいことのような気がする。(和やかに)月房、参れ。今宵は父が、一服ふるもうてつかわそう……(隆房、言いながら炉の座につく)』

りゅう『(明るげに涙を隠し)それ月房。父上があぁ言うておいでじゃ。ほんに今宵は、父上には、折角のこの空に雨でも降らせるおつもりらしい……』

隆房『何を言うか。よし、りゅう。お前も並べ。ことのついでじゃ。お前にもいれてやる』

りゅう『まあ、あのように憎さげなこと……月房、ではわれらも、こうなったら乗りかかった舟。後には退けぬ。形《かた》なとつけて、並んで進ぜましょう……』

りゅうは、いっしんに浮かれし振りにて月房を促し、茶の客座に着かんとする。月房、やにわにその二人より座をさがりて両手をつく。

月房『(思いつめたる顔)父上。母上。お二人様に、この月房、お願いがござりまする』

隆房『おお何じゃ。申すがよい。何なりと叶えてとらす』

りゅう『またなんと、今宵の父上にはお気前のよい』

月房『はい。ではお言葉に甘えまして……。（きっと顔をあげ）お二人様。どうぞ、私を……

今夜限り、この陶のお家からご離別なされて下さりませ』

隆房『（おどろきて）何』

りゅう『（も、愕然《がくぜん》として）月房……』

月房『もとの……名もない、一介の侍の子に戻らせていただきたいのでござりまする』

降房『（凝《じ》っと見すえ）おぬし、正気であろうな』

月房『はい』

隆房『この父や母を謀《たばか》るのではあるまいな』

月房『はい』

りゅう『われらに何か気に染まぬことでもありましたか。この母が至らなんだら謝りましょう……』

月房『（不意に涙ぐみかけるを必死に押し殺し）め、滅相もない。なんでそのようなことがござりましょうか。この八年間、ただの一日たりとも、父上や母上を真実の御両親と思わぬ日はござりませなんだ。弟達も、よく兄と立ててくれました。私には、ただもうもったいなすぎる御両親、兄弟でござりました』
隆房　『では何じゃ。何が不服で……』
月房　『不服だなどと父上……（月房、泣きそうになりつつガバと平伏する）お願いでござりまする。父上、母上。この月房に、これまで受けしご恩の万分の一なりとも、どうぞ……どうぞお返しする機会をつくってやって下さりませ』
隆房　『何と言う……』
りゅう　『月房、そりゃいったい……』
月房　『（伏せたるまま、にじり退って）どうぞ、どうぞご離縁なされて下さりませ。月房ももう、一人前の男でござりまする。立派に、父上のお代りが勤まる齢《とし》になっております』
隆房　『（手に持ちし棗《なつめ》をとり落す）月房……』
りゅう　『お前はまさか……』
両人息をのみて、月房をみつめる。月房は、涙の顔を無理にほころばさんとしつつ、
月房　『西国一の侍大将、父上にはおできにならなくとも、この月房になら、容易《たやす》う仕遂げてお見せできるたった一つのことがござりまする』
りゅうは、あっとのけぞる。
隆房は、死せる如く動かず。

月房『……明日、九月《ながつき》十五日は、今八幡《いまはちまん》三宮秋のご例祭。お屋形様には、五穀豊饒《ほうじょう》祈願のため例年の如く網代車《あじろ》にてご参詣……さいわい、私はそのお車付きのお供に選ばれております。明日ならば、この山口の街並みは、人の波で埋まりましょう。さすれば、私一人、人眼にたたず相良武任殿お傍に近づくは、さして困難なことではござりますまい……』

りゅう『(思わず月房のそばににじり寄り、抱きしめる)月房!』

隆房『(瞑目《めいもく》して動かず)』

月房『日頃のご恩に報ゆるはこの時ぞと、かねてより心に決めてお役にたつ積りでおりましたれど、長年お慈しみをかけて下された父上、母上のお顔を見るとつい言いそびれて、一日のばしにとうとう今日がこの時まで……(身を振りほどきて、更に退る)お願いでござりまするっ。どうぞ、この月房をご離別にっ……』

隆房『(大喝する)ならぬ。ならぬぞ』

月房『父上っ……』

りゅうは泣き崩れる。隆房、胸中を打ち殺し、しばし宙を睨みている。が、隆房、耐えきれずにやにわに立ち、床の鼓を引っつかむと、荒々しく縁先に出ず《い》。隆房、胸内の激せるものを打ちこめる如く、それを打つ。やがて、ふとその鼓の手をとめて、

隆房『(慈愛のこもる声にて)月房』

月房『(隆房の後姿へ顔を起す)はい』
隆房『お前は、この陶家のかけがえのない総領じゃ。父が起《た》つ時には、お前も起て。また、この父が滅ぶる時があったなら、お前も共に滅ぶるのじゃ。それで、よい。よいな、月房』
月房『(畳に額を押しつけて伏す。波打っている両の肩)』
隆房『行け。明日は、大事なお勤めがお前にはある。立派に殿のお供を果たし、恙《つつが》のうご参詣を終らせられるよう、心を砕いて勤めるのじゃ。それが……お前にできる親孝行。よいな、月房』
月房『(声しぼる如く)……はい』
隆房『行って、寝《やす》むがよい』
月房『(泪《なみだ》を払いて威儀を正す)……では、そうさせていただきまする。お寝みなされませ』
月房、下手へ走り込む。
隆房は、はじめてこのとき、目頭に手を当てる。
隆房『(すぐに常態に戻り、立ちあがる)りゅう。客人がいたのであったな。参る』
隆房、鼓をりゅうに渡し、足早やに廊下を下手へ入る。りゅう一人、鼓を抱きて、残る。
虫の声、屋敷をおしつつみ、遠く梵鐘《ぼんしょう》。やがて、りゅうも鼓をおさめ、涙を拭いて、静かに去る。

短い間。舞台無人。
闇日輪《やみにちりん》の笛、起る。家人重左衛門に導かれて、奥の庭伝いに上臈《じょうろう》・夏尾、忍び姿にて登場す。
重左衛門『……御筆頭職には、只今お客人が見えてでござれば、暫時これにてお待ちいただきましょうかのう……』
夏尾『(被り布をとりつつ)内々にお屋形を抜け出て参りましたなれば、あんまりゆるりともできませぬが……では、ちょっとお邪魔をいたしまする……』
夏尾、縁先に腰をかける。
重左衛門は去らんとす。
夏尾『あ、もし。(重左衛門を呼びとめて)あの床のお軸は……雪舟とお見受けいたしましたが、それにしても変ったお軸でござりまするな』
重左衛門『左様。ここに参られる客人は、どなたもまず、訝《いぶか》しげにあの軸の由来をおたずねなさる。あれはいかにも、雪舟が筆。この山口の雲谷軒にて描かれたものでござるがの。実は、雪舟が心に染まぬ不出来の作なのでござる』
夏尾『そのようには相見えませぬが……(見惚《みと》れて)テも見事な山水ではござりませぬか』
重左衛門『(いかにも得意げに)そこがそれ、雪舟の雪舟たる所以《ゆえん》でござる。ご覧なされ。軸の中央、刃でもって一刀両断斬り下したる如きあの墨痕《ぼっこん》は、絵が人手に渡るを懼《おそ》れて、雪舟が自らの手で惜しげものう掻《か》き消したる筆の跡でござる』
夏尾　『おお、もったいなや』
重左衛門　『われらの眼には出色の作と見えても、雪舟には、我慢のならぬ山水でござったのじゃ。御筆頭職には、その雪舟が厳たる心を、ああして床に飾ってござるのじゃ。己を斬る強さこそが、己を真に生かす道。己を捨て去る厳しさこそが、己を全うする真の道……。この陶のお家の家憲でござる』
夏尾　『(心底に打ちひびくものありて）己を捨て去る厳しさこそが……己を全うする真の道……ほんに、隆房殿のお人柄が偲《しの》ばれる、よいお軸でござりまするな……』
重左衛門　『では、ごゆるりと』
重左衛門、上の方より奥へ去る。
夏尾、凝《じ》っと画軸に見入る。やがて、
夏尾　『……心は決まった。わが選びし道もまた……己を捨てて……己を生かす道ならん……』
このとき、下手より、りゅう出ず。
夏尾　『これは、奥方様でござりまするか。お初にお目にかかりまする』
りゅう　『さあ、そのような端近《はしぢか》では、お話にもなりますまい。ずっとお通りなされませ』
夏尾　『夜分ご無礼をもかえりみませで、恐縮至極に存じまする。なにとぞ、ご容赦たまわりまして……』
りゅう　『さあ、お局殿』
夏尾　『では、ご免をこうむりまして……』
りゅうは、気をきかして奥の障子を閉める。二人、対いて坐に着く。
りゅう　『主には、折悪しく手の放せぬ客向きのござりまして失礼を仕りまするが、女《おなご》の私では足りぬご用でもございましょうな……』
夏尾　『はい、あの、いえ……（と、瞬時ためらいて）何分ともお役目向きのことなれば、奥方様へお話し申して、お心わずらわすも本意のう存じまするが……』
りゅう　『（うなずいて）御殿勤めのお前様が、お一人にてお忍びになられるからには、よくせきのことでもござりましょう。では今しばし、ご無礼ではござりましょうが、お待ちいただきまするか……』
夏尾　『（寸時逡巡《しゅんじゅん》し不意に心決めたる如く）あ、いや。では、わたくしも急ぎの身ゆえ、お言葉に甘えまして、ご内分にそこもと様へお通し申しておきましょうか……。（夏尾は一瞬、あたりに気を配りて、ひと膝進める）実は、ほかでもござりませぬ。お家のご総領月房様に関わることで……ぜひとも早急にお耳打ち申しておくがおためかと……』
りゅう　『（おどろきて）月房が……何か仕出かしましたのか』

夏尾　『いえ。月房様に微塵《みじん》も粗相《そそう》はございませぬ……が、なにぶんとも相手が悪うございまする』

りゅう　『はて、相手とおっしゃりますると……』

夏尾　『御右筆遠江守武任殿』

りゅう　『ええ？　（思わずうろたえて）ではあの、相良武任様……』

夏尾　『はい。それもこれも、もとを正せばみなこの夏尾が不注意からの行き違い……もしこのまま捨ておいて、御家老様のご難儀にでもなりましたれば、夏尾が生涯申しわけが立ちませぬ。それでのうても、武任殿には、御家老様へ傍《はた》で見る眼もあざといお仕打ち。こうしてはおられぬと、一時も早うことの真相、御家老様へおしらせ申し、月房様が濡れ衣をお晴らしするが先決かと……かく夜分をもかえりみませず、駈けつけましてございまする』

りゅう　『（落着こうとしつつも声震え）……して、その月房が濡れ衣とやら申されまするは……』

夏尾　『はい。実はつい先達《せんだつ》て、築山御所の外濠へ、御殿内で腰元勤めの女の死体があがりました……』

りゅう　『なに、あの、死体が……（と、青ざめる）』

夏尾　『はい。雪絵と申す新参者の腰元でございまするが、わけあって、自らの粗相を苦にして自害の果ての身投げにござりまする。ところがまあ、間の悪いことは重なるもので、以前築山のお庭内で犬追物のお催しがござりましたる折、月房様がこのわたくしに、その女めの名をお聞きになられたことがござりました……』

りゅう『あの、月房が、お女中の名を……』

夏尾『いえ。それはもう、お気使い遊ばすようなわけありのお振る舞いとは違いまする。なにげない、茶飯《さはん》のことでござりました。それはこの夏尾が、いつなりとも、証《あか》しをたてて進ぜまする。……ところが、どうこのことが鞘走《さやばし》り、武任殿のお耳へ入ったか、先日内密にわたくし方へご相談持ちかけられ、その女を相良が家の養女にもらい受けたいと……』

りゅう『相良様が御養女に……』

夏尾『はい。段々とお話聞けば、どうやら武任殿のお腹の底は、かの女を養女に仕立て、こちら様のご総領月房様と娶《めあわ》せて、歴代御筆頭職たるこの陶様お家柄を、わが物せんとのお腹づもり……。なんと申してもかの女めはしがない生まれ。陶様との御婚姻など思いもかけぬと、その場できっぱりこのお話、お断り申しておきましたるに、外濠へ浮かびし女の身許が件の女とわかるや否や、はてまあなんと、自害は定めし月房様がせいならんと……』

りゅう『(仰天せしが、その動揺を凝っと隠す)』

夏尾『あろうことかあるまいことか、尾鰭《おひれ》をつけてのご吹聴……。時が時だけに、もしやしてこのお噂、御家老様のお耳に達し、いらざるご心痛の種ともなってはと、お疑い晴らしに参りました。どうぞこのこと、必ずご心配なされませぬよう。雪絵が自害は自らが粗相の果て。月房様には微塵もお気使いなされませぬよう、夏尾が身にかわって、奥方様よりお伝えなされて下さりませ』

りゅう『(取乱さず、静かな態にて)夏尾殿。かたじけないお心配り、身にしみて忘れはいたしませぬ。この通りでござりまする。(りゅうは、深く手をつく)』

夏尾『あれ、なにをなされます。もとはと言えば、この夏尾がいたりませなんだばっかりに……どうぞ、お手をおあげ下さりませ。でもまあ、これで、ひと安心。……では、わたくしはこれにてご免をこうむりまして……』

と、夏尾は辞去の挨拶を交し、庭先へおり立つ。りゅうも縁先へ見送りに出て、両人束の間顔を見合わす。

夏尾『(ふと掛軸に眼を移し)心に迫る……よいお軸でござりまするな……』

両人再び顔を合わす。

夏尾は会釈して庭伝いに去る。りゅう、一人残る。憂苦の態。

と、鋭き音たて、床の鼓裂けり。りゅう、駈け寄りて鼓を手にとる。残月にかざして、あっとおどろく。

りゅう『ヤヤ、何と。義隆卿より拝領の鼓の皮の打ち裂けしは……』

りゅう、不安げに声をのみて顔をあぐ。

舞台、そのりゅうを残しつつ暗転、廻り始む。

琵琶の弦。不吉なる予感を掻きたてつつ、入りきたる。

琵琶歌　〽時しも天文十九年　長月《ながつき》なかばの十五日　五穀豊饒祈願をかけて、今八幡三宮の祭

太鼓や東雲《しののめ》の　空かき乱して明けそめたり……

第二幕第二場

舞台廻ると、隆房の寝所。

全体闇のなかに打ち沈み、舞台中央前面に仄《ほの》かな明りをうけて、閉ざされたる障子戸のみ見ゆ。

前場に続きし未明。

花道より従臣、あわただしく走り出ず。

従臣『御筆頭職っ……御筆頭職に申し上げまする……』

下手より重左衛門《じゆうざえもん》、夜着にて手燭《てしよく》を持ち、あわてて出《い》ず。

重左衛門　『エイ、エイ、静まらぬか。声が高い。何刻と心得おるのじゃ。いまだ夜も引き明けぬに、そのとり乱しようは何たることぞ……』

従臣　『おお、重左衛門殿……一大事、一大事にござる……』

重左衛門　『エイ、そのばかでかい声が余計じゃと申しておるのじゃ。お目をさまさせてはならぬのじゃ』

上手より月房。すでに着衣を整えて出ず。

月房　『何ごとじゃ』

重左衛門　『これはご総領。早やお目ざめでござりましたか』

月房　『昨夜はなんとのう眼が冴えて眠れなんだ。まだ夜明けには間があるが、起き支度をいたしたところじゃ』

重左衛門　『ご筆頭職には、昨夜遅うまで御重役方と語らわれて、ご寝所へ引きとられたのがすでに明け方近うでござったれば、お起こし申すも忍びのうて……』

月房　『知っておる。（従臣に）儂《わし》が聞く。申せ。何ごとじゃ』

従臣　『はは。（と、改まる）』

このとき、障子の内に声あって、明りがつく。

隆房　『（内より）それには及ばぬ』
月房と重左衛門、おどろきて両方へ障子を開く。
月房　『父上……』
重左衛門　『殿……』
隆房とりゅう、前夜の衣服のままにて床もとらず、部屋の中央に対い合いて座し、憔悴《しょうすい》の色見ゆ。
月房　『では父上も母上も、ご一睡もなさらずに……』
重左衛門　『夜明かしでござりましたか……』
隆房　『（従臣に）何ごとじゃ』
従臣　『申し上げます。相良武任様には、昨夜遅くにわかに築山御所をおたずねになり……お屋形様に火急のお目通り願い出られ……』
隆房　『何い』
従臣　『そのため、お屋形様には、本日の今八幡祭礼の御参詣を、急遽……急遽お取りやめに……相成りました！』
隆房　『何と。御参詣をお取りやめに……』
従臣　『それればかりではござりませぬ。御筆頭職っ。昨夜の内に、相良様お屋敷をはじめ、築山御所、今八幡三宮の境内参道にいたるまで、ことごとく戦支度の警護の兵にて、くまなく固めつくされてでござりまするぞ！』

隆房　『（愕然として）な、何いっ』

このとき、上手、下手、花道、三方より武装せる陶家の家臣達寄せて詰め、逸《はや》りて隆房へ向かう。

上手家臣代表　『御家老っ！』

下手家臣代表　『殿っ！』

花道家臣代表　『御家老っ！』

隆房　『（落着かんとしつつ、件の従臣へ）わけを申せ……仔細を申せっ……』

従臣　『（無念げに）御筆頭職……』

隆房　『エエ、い、はきとせぬか！』

従臣　『……相良様には……相良様には、何を血迷われたか、本日陶家にはこの武任を討たんとする企てありとご讒訴《ざんそ》なされ、あまつさえ、この武任を討つは実はうわべの見せかけにて、陶家の狙いはお屋形様襲撃にありとっ……まことしやかに言上に及ばれました由《よし》っ……（絶句して、打ち伏す）』

隆房　『お、お、おのれ、売僧《まいす》武任めっ……謀りおったなっ！』

隆房、阿修羅の如く棒立ちとなる。

一同、肩打ち震わせて落涙す。短き空虚。

月房、突然刀をわしづかみ立ち上る。

月房『父上っ。もうこうなったら、ご躊躇《ちゅうちょ》には及びませぬぞ。刃《やいば》を抜いたは相良武任。矢を射かけたも相良武任。狼煙《のろし》をあげたも……相良武任っ。孫子の兵法にも言うてあるではござりませぬか。疾ク戦《ト》ヘバ即チ存シ、疾ク戦ハザレバ、亡ブル者ヲ死地トナス……のう父上っ。時を移しては破滅あるのみ。彼より仕掛けられたは、かえって僥倖《さいわい》。時を逃がさず武任が館《やかた》に討入りて、かの姦賊《かんぞく》一挙に討って取りましょうぞ。父上！』

隆房『(死せる如く動かず)』

家臣『御筆頭職！』

家臣『ご決断を！』

家臣『われら必ずこのご無念っ、打ち晴らしてお目にかけまする！』

月房『父上っ。この期に及んでご猶予なさるは、あたらこの陶の家名を地に打ち捨て、犬死にも同然ではござりませぬかっ……逆臣の汚名を着せられてなお、何をおためらいなされまする！』

一同、血気に逸《はや》りて騒然と隆房に迫る。

りゅうと重左衛門のみ黙して、沈思の感なり。短き間。

隆房『（低く吐く）太刀っ。太刀を持てっ』

りゅう、ハッとおどろくが、刀をとりて隆房へ差し出す。隆房はかえりみもせず引っつかみ、やにわに抜刀して振りかぶる。一同息をのむ内に、隆房、激しく虚空を斬りて落す。一同、あっけにとられて見守る。

隆房『……（深く）この隆房が迷いの心を、斬ったのじゃ。気負いたつ……隆房が過ちの心を今、斬って捨てたのじゃ……』

月房『父上……』

隆房『相良武任、狼煙《のろし》はあげたが、……刃《やいば》を抜いてはおりはせぬ……矢も、仕掛けてはおりはせぬ……』

月房『父上』

家臣『御筆頭職』

隆房『……月房も、家中の者達も、よおく聞け。孫子の兵法を言うならば、何故いま一段奥を読まぬ。火発シテ兵静カナラバ、即チ待チテ攻《セ》ムル勿《ナカ》レ……火発して、兵静かならば、待ちて攻むる勿れとは、ここのところを言うてあるとは気づかぬか』

月房『父上……』

隆房『相良武任、身の危険を感じとり、血迷うて義隆卿を唆《そそのか》し奉ったは、おのが身を守らん苦肉の策。これさいわいと、今われらが討って出たれば、なるほど武任一人《いちにん》の首級は容易《たやす》うあげられるやも知れぬ。が、それは即ち、義隆卿の軍勢に刃をむけることになるとは気づかぬか。今武任を討つは、この隆房が義隆卿へ謀叛の心ありとする根も葉もなき武任が讒言を、この手で裏書きするも同然。それこそがまた、武任が思う壺とは思わぬか』

一同、歯ぎしりして怒りに耐える。

隆房『……相良武任、仕掛けに仕掛けた背水の陣。昨夜の内に築山御所の内外を兵にて固めおきながら、寄せかけるでもなく、今もってそれらしき何の音沙汰も見えざるは、ただひたすらここの企みあるがためぞ。乗ってはならぬ。手出しはできぬぞ。鎧具足《よろいぐそく》も脱ぎ捨てるのじゃ』

月房『されど父上っ、万が一ということもございまする。せめて屋敷内なりとも、時に備えて……』

一同、口々に、月房へ同調して懇願す。

隆房『ならぬっ。物の具に身を打ち固めて、どうして主君に二心なしと、身の潔白が立てられようぞ。ここは待つのじゃ。待って……耐え忍ぶのじゃ』

一同、がっくりと打ちうなだれる。

隆房　『一同、引き取れ』
月房　『父上っ……』
隆房は厳としてとり合わず、家臣達平伏して、言葉もなしに三方へ退りて入る。
後にりゅう、月房、重左衛門、残る。
舞台、ようやくに明け初めて、小鳥の囀《さえず》りなど聞こゆ。
隆房　『(ふと)この長の夜も、ようやく明けるか……』
月房　『(諦めきれずに)月房には、父上のお心、解りとうはござりませぬ……いえ、心騒ぎがしてならぬのです。この朝が明け初《そ》めるのが……恐しゅうてならぬのです。かかる事態に及んでまで、甲冑《かっちゅう》を捨て、備えも解いて……一体何を待つと仰せなさるのでござりまする……』
隆房　『……(ぽつりと)人の心じゃ』
月房　『人の心?』
隆房　『義隆卿のお心じゃ』
月房　『なれど父上、その義隆卿が……』
隆房　『兵を出された。兵は出されたが……迷うておいでなさるに違いない。いや、きっとそうじゃ。そのお心を、頼むのじゃ。武任が甘言《かんげん》に眼ざめて下されるのを、ただひたすら……

こうして待つのじゃ』

月房『それがどれほど詮ないことか……儚《はかな》く、頼みがたき叶わぬ夢か……父上が、誰よりも一番よくご存じではございませぬか』

隆房は、聞こえぬげに、つと空を振りあおぐ。

隆房『おお、光がのぼる……』

月房『(絶望の態) 父上っ……』

重左衛門『(徐かにこれも面《おもて》をあげて) 血潮のような朝焼けでございまするな……』

小鳥の声高く、一条、鮮烈なる曙光《しょこう》射しこみ、火の如く隆房の顔面に躍る。りゅうは、声もなく袂へ顔を埋める。

急激なる幕。

と、

暗黒の花道に琵琶師現われて、弾ず。

(琵琶師の顔は、絶えず闇に没して定かならず。琵琶の弦にのみ光あてられてあり)

琵琶歌 〽国に諫《いさ》むる臣あれば　その国安くまた家に　諫《いさ》むる子あれば永世に　その家正しと言うも徒《あだ》なり　われいまここに仆《たお》るれば　首《こうべ》は秋の野ざらしと、健気に耐えし武士《もののふ》の　心は千々に打ちみだれ　君打たざれば大内の　末世はあれに見えたりけりと囁く声こそおそろしき……

琵琶師、消ゆ。

P+D BOOKS ラインアップ

神の汚れた手（上） 曽野綾子 ● 産婦人科医に交錯する〝生〟と〝正〟の重み

神の汚れた手（下） 曽野綾子 ● 壮大に奏でられる〝人間の誕生と死のドラマ〟

岸辺のアルバム 山田太一 ● 〝家族崩壊〟を描いた名作ドラマの原作小説

マリリン・モンロー・ノー・リターン 野坂昭如 ● 多面的な世界観に満ちたオリジナル短編集

帰郷 大佛次郎 ● 異邦人・守屋の眼に映る敗戦後日本の姿とは

プレオー8の夜明け 古山高麗雄 ● 名もなき兵士たちの営みを描いた傑作短篇集

P+D BOOKS ラインアップ

白球残映　赤瀬川 隼　●野球ファン必読！胸に染みる傑作短篇集

堕落　高橋和巳　●突然の凶行に走った男の〝心の曠野〟とは

青い山脈　石坂洋次郎　●戦後ベストセラーの先駆け傑作〝青春文学〟

水の都　庄野潤三　●大阪商人の日常と歴史をさりげなく描く

抱擁　日野啓三　●都心の洋館で展開する〝ロマネスク〟な世界

黄金の樹　黒井千次　●揺れ動く青春群像。「春の道標」の後日譚

（お断り）

本書は１９８６年に角川書店より発刊された文庫を底本としております。
あきらかに間違いと思われるものについては訂正いたしましたが、
基本的には底本にしたがっております。
また、底本にある人種・身分・職業・身体等に関する表現で、現在からみれば、
不当、不適切と思われる箇所がありますが、著者に差別的意図のないこと、
時代背景と作品価値とを鑑み、著者が故人でもあるため、原文のままにしております。

赤江 瀑（あかえ ばく）
1933年（昭和８年）４月22日—2012年（平成24年）６月８日、享年79。本名は長谷川敬。山口県出身。1983年『海峡』『八雲が殺した』で第12回泉鏡花文学賞を受賞。代表作に『ニジンスキーの手』『オイディプスの刃』など。

P+D BOOKS

ピー プラス ディー ブックス

P+Dとはペーパーバックとデジタルの略称です。
後世に受け継がれるべき名作でありながら、現在入手困難となっている作品を、
B6判ペーパーバック書籍と電子書籍で、同時かつ同価格にて発売・配信する、
小学館のまったく新しいスタイルのブックレーベルです。

金環食の影飾り

2018年12月18日　初版第1刷発行

著者　赤江　瀑
発行人　岡　靖司
発行所　株式会社　小学館
〒101-8001
東京都千代田区一ツ橋2-3-1
電話　編集　03-3230-9355
販売　03-5281-3555
印刷所　昭和図書株式会社
製本所　昭和図書株式会社
装丁　おおうちおさむ（ナノナノグラフィックス）

ISBN978-4-09-352352-3

P+D BOOKS